RUWEN
AUSSERIRDISCHER GEFÄHRTE

KATE RUDOLPH

STARR HUNTRESS

Herausgegeben von Starr Huntress & Kate Rudolph.
www.starrhuntress.com

Deutsche Erstausgabe von Celestial Heart Press, PO Box 1172, Valparaiso, Indiana, 46383 USA

Januar 2022

www.katerudolph.net

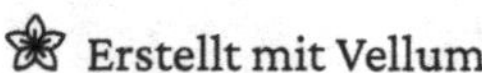 Erstellt mit Vellum

ÜBER DIESES BUCH

Rus Spezies ist verflucht. Er wird seinem **nächsten Geburtstag nicht überleben, wenn er nicht seine Gefährtin findet ...**

Ruwen weiß, dass er ein toter Mann ist. Seine außerirdische Spezies ist durch eine tödliche genetische Macke verflucht und er wird tot sein, bevor der Monat zu Ende ist, es sei denn, er findet seine Schicksalsgefährtin. Sie ist die einzige Frau im Universum, die ihn retten kann. Zu dumm, dass die meisten Detyen-Frauen tot sind. Aber könnte er bei einem Menschen Hoffnung finden?

Entführt, im Stich gelassen und auf der Flucht vor bösartigen Aliens ...

Nachdem sie von unbekannten Angreifern von der Erde entführt wurde, ist Lis auf einem unwirtlichen Planeten mit wenig Nahrung und ohne Hoffnung gelandet. Sie würde alles tun, um ein Schiff zu finden, das sie zurück zur Erde bringt, aber Polai ist feindselig gegenüber allem außerirdischen Leben, und Lis gehen die Verstecke aus. Kann sie dem Außerirdischen vertrauen, der sie mit Begehren im Blick ansieht?

Eine unmögliche Chance ...

Von dem Moment an, als er sie sieht, weiß Ru, dass Lis seine Gefährtin ist. Aber ihr wurde bereits wehgetan und sie ist misstrauisch gegenüber Fremden. Wie kann er beweisen, dass er vertrauenswürdig ist? Wenn er Lis Ängste nicht überwinden kann, wird ihre Verbindung zerbrechen, bevor sie überhaupt eine Chance hat, sich zu bilden, und Ru tot und Lis ganz allein in einer feindlichen Galaxie zurücklassen.

Detyen sind dazu verdammt, im Alter von dreißig Jahren zu sterben, wenn sie nicht rechtzeitig ihre Schicksalsgefährten finden. Die Serie *„Außerirdischer Gefährte"* kann in beliebiger Reihenfolge gelesen werden und es gibt keine Cliffhanger!

1

KAPITEL EINS

Der Planet hieß Polai, und er war beschissen.

Als Lis Janyx acht Jahre alt war, klang die Idee, das Universum zu bereisen und alles zu sehen, was es zu bieten hatte, großartig. Aber jetzt, mit fünfundzwanzig, hatte Lis nicht vorgehabt, *hierher* zu kommen. Und sie hatte auch nicht beschlossen, die Erde zu verlassen. Es hieß, das Leben in den Einöden, einem Slum in der Nähe der heruntergekommenen Überreste von Old Cleveland, führe zu Tod, Zerstückelung oder Verschwinden. Lis hatte das nie geglaubt.

Damals nicht.

Sie war nach einer langen Nacht, in der sie Kautionsflüchtlinge aufgespürt und betrügerische Ehemänner beobachtet hatte, nach Hause gekommen, als ein Berg von einem Mann buchstäblich vor ihr aufgetaucht war und sie mit einem Schlag außer Gefecht gesetzt hatte. Zu diesem Zeitpunkt hatte sie nicht erkannt, dass es sich einen Außerirdischen handelte. Außerirdische kamen nicht nach Cleveland – niemand tat das, wenn er es vermeiden konnte.

Aber das nächste, was sie wusste, war, dass sie an Bord eines Raumschiffs kam und von dem bedrohlichsten medizinischen Bot, den sie je gesehen hatte, untersucht wurde. Sie hatten Tests gemacht und ... Sachen. Sie wollte nicht an die Sachen denken. Es war schlimm gewesen, manches davon wirklich schlimm, aber es hätte viel schlimmer sein können.

In den Wochen, die sie an Bord war, hatte sie nur das Innere ihrer fensterlosen Zelle und die kleine Krankenstation gesehen. Tag für Tag spürte sie, wie ihr Verstand und ihr Glaube daran, dass sie es lebend herausschaffen würde, zu schwinden begannen. Sie wusste nicht, was sie mit ihr vorhatten, ob sie sie zur Sklavin machen, sie essen wollten oder Schlimmeres.

Und dann, eines Tages, als sie nicht mehr wusste, wie lange sie schon gefangen war, wachte sie auf Polai mit einem kleinen Päckchen mit Vorräten und einer Notiz in englischer Sprache auf.

Entschuldigung. Falsches Mädchen. Menschen können auf Polai überleben.

Das war alles. Keine Erklärung, keine Wegbeschreibung, wie man nach Hause kommt. Nur fünf Energieriegel, eine mit Wasser gefüllte Feldflasche und eine dünne Jacke, die nicht viel zum Schutz vor den kalten Nächten beitrug. Lis hatte sich angewöhnt, sie trotzdem immer zu tragen. Die Sonne von Polai machte etwas Seltsames mit ihrer Haut und hinterließ schmerzhafte Verletzungen auf jedem Zentimeter, den sie ungeschützt ließ.

In ihrer zweiten Nacht hatte es zu regnen begonnen, und Lis suchte Schutz unter den breiten braunen Blättern der gedrungenen Bäume, die das Land übersäten. Für ein paar Augenblicke schien es, als würde das Laub stark genug sein, um sie vor dem schlimmsten Regen zu schützen, aber dann klappte das große Blatt direkt über ihrem Kopf in der Mitte zusammen und schüttete das gesamte gesammelte Wasser wie ein Wasserfall über ihre Arme.

Seitdem war ihr linker Unterarm mit kleinen Striemen übersät. Sie wurden zwar besser, aber Lis weigerte sich, das Risiko einzugehen, aus dem kleinen Bach zu trinken, der in der Nähe des Waldes floss, in dem sie übernachtet hatte.

Die Menschen im Allgemeinen konnten vielleicht auf Polai überleben, aber sie würde nicht lange durchhalten.

Lis wollte hier nicht leben. Sie wollte einfach nur ein Schiff finden und den ersten Frachter oder Kreuzer besteigen, der zurück zur Erde flog. Und das würde schwieriger werden, als sie zunächst gedacht hatte.

Ihre stets wohlwollenden Entführer hatten ihr keinen Übersetzer mitgegeben, und nichts deutete darauf hin, dass die Polai Englisch verstehen konnten. Sie hatte sich darüber lustig gemacht und es abgelehnt, in der Schule Interstellar Common, die Handelssprache im Weltraum, zu lernen, aber jetzt sie würde ein verdammtes Wörterbuch auswendig lernen, wenn sie dadurch nach Hause kommen könnte.

Und die Polai waren nicht freundlich. Lis hatte in einem kleinen Waldstück, etwa zwei Meilen nördlich einer kleinen Stadt, Schutz gesucht. Sie hatte versucht, sich am zweiten Tag einem Polai-Pärchen zu nähern, nachdem sie sich am ersten Tag orientiert hatte. Sie sahen fast menschlich aus, obwohl sie kleiner waren, weniger als eineinhalb Meter groß. Ihre Haut war dunkelgrün und keiner von ihnen schien Haare zu haben.

Sie hatte gehofft, dass das Hochreißen ihrer Arme und ihr mitleiderregender Anblick sie hilfsbereit machen würden. Stattdessen stürzten sich die beiden Außerirdischen schreiend auf sie und jagten sie aus der Stadt und auf einen Baum. Nachdem sie das Interesse an ihr verloren hatten, beschloss Lis, die Stadt bei Tageslicht zu meiden. Sie wollte keine Verletzungen riskieren.

Eines Nachts hatte sie sich in die Stadt geschlichen, um nach Essen zu suchen. In dem kleinen Laden an der Hauptstraße kam ihr nichts bekannt vor. Es konnte alles völlig harmlos oder extrem tödlich sein. Mehr aus Bosheit als zum Überleben hatte sie eine kleine Flasche mit einer hellgrünen Flüssigkeit mitgehen lassen. An der Wand hing eine Werbung, die zwei Polai zeigte, die das Zeug tranken.

Für sie war es kein Gift, aber sie war nicht mutig genug gewesen, es zu probieren.

Da war sie nun, fast eine Woche auf dem Planeten, ihr Magen knurrte vor Hunger und ihr Mund war so ausgetrocknet wie die Wüste.

Sie umklammerte ihre Jacke über der Brust und hielt den Kopf gesenkt, als sie durch den Wald ging. Früher hatte sie Angst, dass sie sich verlaufen würde, wenn sie zu tief hineinlief. Jetzt musste sie irgendwo hinkommen. Am Tag zuvor hatte sie geglaubt, ein Fahrzeug von irgendwoher aus dem Wald kommen zu hören.

Da könnten Leute sein, ein Haus oder ein verlassenes Raumschiff. Letzteres erwartete sie zwar nicht, aber ein Mädchen darf ja träumen. Während die Blätter an allen Bäumen braun waren, waren die Stämme selbst gelblich-orange. Wenn die Sonne schien, saugten sie das Licht auf, und nachts leuchteten sie schwach.

Es war jetzt Nacht, und die Bäume gaben ihr gerade genug Licht, um etwas erkennen zu können. Lis hatte keine Polai gesehen, die nach Einbruch der Dunkelheit unterwegs waren, und sie war sich ziemlich sicher, dass sie ein tagaktives Volk waren. Umso besser für sie. Sie war schon immer eine kleine Nachteule gewesen.

Nach einer Weile stand sie plötzlich am Waldrand. Die Bäume waren etwa hundert Meter weit gerodet worden, bis zu einem großen grauen Gebäude in der Mitte eines Feldes. Aber die Vegetation um das Gebäude herum wucherte wild, mit kniehohem gelben Gras, Unkraut und Ranken, die an einer der Mauern hochkrochen.

Verlassen. Perfekt.

Lis schaute sich kurz um, aber sie hörte oder sah nichts. Soweit sie es beurteilen konnte, war sie völlig allein.

Sie bahnte sich einen Weg durch das hohe Gras und stolperte über den unebenen Boden unter ihren

Füßen. Ihr drehte sich der Kopf, aber sie fand das Gleichgewicht wieder, ohne hinzufallen. Da drin musste es etwas zu essen geben. Hoffentlich Energieriegel, von denen sie wusste, dass sie sicher zu essen waren.

Lis schaffte es über die Lichtung und fand eine Tür. Natürlich war sie verschlossen, aber davon wollte sie sich nicht aufhalten lassen. Sie brauchte nur ein Brecheisen oder etwas Ähnliches und schon war sie drin.

Lis stellten sich die Nackenhaare auf, und sie erstarrte an Ort und Stelle. Sie schaute sich um, um sich zu vergewissern, dass sie immer noch allein war, als hätte ein Urinstinkt die Gefahr gespürt. Lis schaute sich erneut um, aber es war immer noch still und sie sah niemanden.

Aber als sie sich nach etwas umsah, mit dem sie die Tür aufstemmen konnte, bewegte sie sich mit besonderer Vorsicht. Es fühlte sich an, als wäre da draußen etwas, das hinter ihr her war. Etwas Großes und Gefährliches, das sie im Handumdrehen töten könnte.

Die Gefahr, die sie jetzt spürte, war anders als das, was die Polai verursacht hatten. Lis fühlte sich ungeschützt, und sie musste schnell hinein. In ihrem Inneren wusste sie einfach, dass das, was da draußen war, sie holen würde.

2

KAPITEL ZWEI

RUWEN NANARAN LANDETE IM HELLEN SONNENLICHT DES Morgens auf Polai. Es war schön, was bewohnte Planeten anging, aber er war nicht hier, um sich die Sehenswürdigkeiten anzusehen. Sein kleiner Kreuzer lag versteckt im Schutz des dichten Blattwerks, die Treibstoffzellen luden sich auf und das Tarnsystem stellte sich neu ein. Er würde hier für eine Woche festsitzen.

Mehr als genug Zeit, um die Arbeit zu erledigen.

Er war ein Detyen-Söldner, der im Auftrag eines anonymen Auftraggebers eine Information beschaffen sollte, zu der nur die Polai Zugang hatten. Auf den Planeten zu gelangen, war nicht schwierig gewesen. Sein Schiff verfügte über eines der fortschrittlichsten Tarnsysteme, und Polai hatte ein lasches Verteidigungssystem.

Er rechnete damit, dass die Abreise eine ganz andere Geschichte sein würde. Die Polai ließen Leute herein, aber alle Schiffe und Transporte vom Planeten wurden streng überwacht. Jeder, der bei einer unerlaubten Abreise erwischt wurde, wurde kurzerhand mit einer gezielten Rakete hingerichtet.

Diese Tatsache hatte die Zahl der Söldner, die diesen Auftrag annehmen wollten, stark reduziert und den Preis in die Höhe getrieben. Zunächst hatte Ru nicht vor, den Job anzunehmen, als er ihn in dem privaten Söldnerforum, in dem er seine Jobs fand, angeboten bekam.

Vierundfünfzigprozentige Wahrscheinlichkeit zu scheitern. Einundvierzigprozentige Wahrscheinlichkeit zu sterben oder dauerhafte Verletzungen davonzutragen. Hunderttausend Credits, wenn die Aufgabe vor Ende des Monats abgeschlossen wurde.

Nur ein Detyen — ein neunundzwanzigjähriger Detyen — konnte solche Wahrscheinlichkeiten akzeptieren. In ein paar Monaten wäre er sowieso tot, warum also sollte er das Risiko nicht eingehen? Wenn das seine Zeit im Universum verkürzte, würde er wenigstens ruhmreich untergehen.

Und wenn er überlebte, würden hunderttausend Credits auf Hedonia, dem Planeten, der dem Vergnügen in all seinen Formen gewidmet ist, lange reichen. Dort würde er sich mit einem Knall verabschieden.

Manche nannten es den Detyen-Fluch. Andere sagten, es sei der Denya-Preis. Die längste Zeit hielt Ru das für den größten Blödsinn in der Galaxis. Wie konnte eine Spezies überleben, wenn jeder, der bis zum Alter von dreißig Jahren seine Gefährtin — seine Denya — nicht gefunden hatte, sterben musste?

Vor hundert Jahren wäre das noch eine dumme Frage gewesen. Der Planet Detya blühte, war die Krone seines Sonnensystems und ein Hauptplanet im Regek-Quadranten. Es gab Systeme, die potenzielle Denyai miteinander verbanden. Damals waren weniger als vier Prozent der Detyen dem Fluch erlegen.

Jetzt war Detya eine unbewohnbare Hülle, die Ozeane vergiftet und alles Leben ausgelöscht. Die einzigen Überlebenden waren der kleine Prozentsatz, der außerhalb des Planeten lebte oder zum Zeitpunkt des Angriffs auf Reisen war. Es hatte keine Kriegserklärung gegeben, keine Warnung vor Gewalt. An einem Tag war Detya ein glücklicher Ort gewesen. Am nächsten war es tot.

Jetzt waren die Überlebenden über die ganze Galaxis verstreut, die meisten lebten in Flüchtlingsstädten auf gastfreundlichen Planeten. Und der

Fluch forderte seinen Tribut, indem er einen Detyen nach dem anderen auslöschte, wenn sie dreißig wurden. Nur diejenigen, die das Glück hatten, ihre Gefährtin zu finden, überlebten.

Und Frauen waren eine knappe Ressource.

Als Junge und junger Mann hatte sich Ru nicht viel damit beschäftigt. Aber die Zahlen lügen nicht. Auf jede Detyen-Frau kamen mindestens drei Detyen-Männer. Sicherlich gab es einige, die zu mehreren Denyai passten, aber das war so astronomisch selten, dass er mehr Glück gehabt hätte, wenn er versucht hätte, auf einem Stern zu gärtnern.

Mit weniger als drei Monaten bis zu seinem letzten Geburtstag weigerte sich Ru, lange über die Ungerechtigkeit seines Schicksals nachzudenken. Auf Hedonia würde es Dutzende von schönen Außerirdischen geben, die sein Leiden in seinen letzten Tagen lindern würden.

Aber er musste sich das Geld erst verdienen, um seinen Platz dort einzunehmen. Auf dem Vergnügungsplaneten gab es keine armen Menschen.

Man hatte ihm eine Karte des polainischen Außenpostens und einen groben Grundriss des Gebäudes gegeben. Es war jetzt Spätsommer, und das Gebäude wurde nur im Winter genutzt. Es verfügte über ein veraltetes Sicherheitssystem und physische Schlösser, um Eindringlinge fernzuhalten.

Für die meisten Leute gab es dort nichts zu finden. Die Polai lagerten hier keine Waffen und nur wenige Vorräte.

Die Computer blieben jedoch an diesem Ort, auch wenn die Mitarbeiter, die sie bedienten, über den Sommer nicht da waren. Dies war ein Außenposten der Regierung, und das gab ihm Zugang zu den Servern der Regierung. Der Tech-Stick, den er bekommen hatte, würde die meiste Arbeit erledigen. Ru musste ihn nur einstecken.

Es war ihm gelungen, das Schloss einer Tür an der Südseite des Gebäudes zu knacken. Es war zu dunkel, um sich draußen gut umzusehen, aber er hatte keine Wachen oder Tiere gehört. Sein eigener Bioscanner zeigte keine Polai an, obwohl er anderes außerirdisches Leben in der Gegend gescannt hatte.

Es war zu groß, um ein entlaufenes Haustier zu sein, und er hatte von den großen Raubkatzen gehört, die im polainischen Hochland umherstreiften. Es war möglich, dass eine von den Bergen heruntergekommen war, um nach Futter zu suchen. Sein Blaster wäre Verteidigung genug gegen jedes wilde Tier, und solange die Polai ihn nicht erwischten, musste er sich keine Sorgen machen.

Die Station war abgeschaltet worden, bevor sie für den Sommer versiegelt wurde. Das bedeutete, dass es kein Licht, kein Temperaturregelungssystem und keine elektronischen Sicherheitseinrichtungen gab. Er trug eine Nachtsichtbrille, um in den schummrigen Gängen, in denen alles in einem unheimlichen orangefarbenen Licht erstrahlte, etwas sehen zu können.

Die Gänge waren schmal und die Decken niedrig, und boten den kleinen, geschmeidigen Polai genug Platz und Höhe. Die Detyen waren alle groß und breit, was bedeutete, dass Ru sich bücken musste, damit sein Kopf nicht gegen die Decke stieß.

Seiner Karte zufolge befand sich der Kontrollraum in der Mitte des Gebäudes. Er musste dem zentralen Flur folgen, bis er zur Cafeteria kam. Von dort aus konnte er eine Reihe von kleinen Büros und Besprechungsräumen durchqueren, um sein Ziel zu erreichen.

Doch als Erstes musste er den Stromunterbrecher im Kontrollraum finden. Er brauchte nicht die gesamte Anlage mit Strom zu versorgen, aber die Computer mussten eingeschaltet werden und online sein. Er machte sich auf den Weg zur zentralen Steuerung in der Nähe der Cafeteria.

Die Stromunterbrecher waren alle ausgeschaltet und gesichert, aber er konnte eine Umgehungsmethode anwenden, die er bei einem anderen Auftrag gelernt hatte. Er umging die passiven Sicherheitsmaßnahmen und den unabhängigen Alarm, der ausgelöst werden sollte, wenn er den Strom einschaltete.

Als er einen Motor hochdrehen hörte, wusste er, dass er erfolgreich gewesen war.

Doch er erstarrte, als er ein Klappern aus dem Inneren der Küche hörte. Es klang, als hätte sich eine Person oder vielleicht auch ein Tier dorthin geschlichen. Ru unterdrückte einen Fluch. Er hätte gründlicher nachsehen sollen, bevor er den Strom einschaltete. Die Cafeteria sollte davon nicht betroffen sein, aber wenn sich jemand dort aufhielt und weiter Richtung Zentrum der Anlage ging, würde er das Licht sehen und wissen, dass er dort war.

Er musste die Situation in den Griff bekommen.

Ru zog seinen Blaster aus dem Holster und entfernte sich vom Sicherungskasten. Er schlüpfte aus der kleinen Abstellkammer und ging zwei Schritte den schmalen Gang hinunter in die Cafeteria. Er versuchte, durch das Fenster in der Tür einen guten Blick in den Raum zu werfen, aber alles, was er sehen konnte, waren ein Dutzend langer Tische, die am Boden festgeschraubt waren, und Stühle, die sich an den Wänden stapelten. Hinter den Tischen erspähte er eine leere Essensausgabe, aber es war niemand in dem Raum.

Er stieß die Tür auf und trat ein, wobei er sich

vorsichtig durch den leeren Raum bewegte. Er machte sich auf den Weg zum Lagerraum hinter der Lebensmittelausgabe. Dort fand er sie.

Ru erstarrte, wo er stand. Etwas in ihm zerbrach. Der Raum wurde plötzlich heller, weißes Licht überflutete fast seine Augen. Es hatte nichts mit seiner Nachtsichtbrille zu tun. Er hatte vergessen, dass sie existierte.

Alles war zweitrangig gegenüber der Frau, die vor dem Lagerschrank vor ihm hockte. Sie war keine Detyen, und sie war ganz sicher keine Polai. Das konnte er an ihrem Haar und der beigen Haut erkennen, die aus den zerfetzten Rändern ihrer dunklen Jacke hervorlugte. Ein Mensch, dachte er nach den Begegnungen, die er auf seinen Reisen gemacht hatte. Eine robuste Spezies, die seiner eigenen in vielerlei Hinsicht ähnelte.

Sie drehte sich zu ihm um, und Ru war überwältigt. Leid und Verzweiflung zeichneten sich auf ihrem schönen Gesicht ab, ihre Haut war fast golden und ihre Augen groß und dunkel. Braune Haare fielen ihr über die Schultern, teilweise verfilzt und verknotet von der Zeit, die sie in der Wildnis umhergeirrt war. Ihr Gesichtsausdruck war geschockt, ihr Mund stand offen und ihre Augen weiteten sich ins Unermessliche.

Das war nicht möglich. Sein Schicksal war schon

vor einem Jahrhundert besiegelt worden, lange bevor er überhaupt geboren wurde. Aber der Planet verschob sich unter ihm, die Sterne richteten sich neu aus, bis das Einzige, was zählte, die Frau vor ihm war.

„*Denya.*"

3
KAPITEL DREI

Wer war er?

Was wollte er?

Konnte sie ihn behalten?

Der letzte Gedanke sollte Lis aus dem Wahnsinn, der sie überkommen hatte, aufrütteln. Sie musste abhauen, bevor dieser seltsame Außerirdische die Polai alarmieren konnte. Aber Lis fand sich wie angewurzelt auf ihrem Platz wieder.

Sie *kannte* ihn.

Keineswegs so trivial wie eine Bekanntschaft. Sie war sich sicher, dass sie sich nie begegnet waren. Lis kannte weder seinen Namen, noch konnte sie seine Spezies benennen. Er war weit über eins achtzig groß, durch die niedrigen Decken in diesem Gebäude gezwungen, sich zu bücken, und seine Schultern waren so breit wie die eines Soldaten.

Seine Haut ließ sie innehalten. Sie war leuchtend gelb und seine Hände waren entweder mit Schuppen oder Markierungen bedeckt. Der Rest von ihm wurde von seiner Kleidung verdeckt, aber sie fragte sich, wie das Muster zu seinem Körper passte. Von der anderen Seite des Raumes aus konnte sie es nicht erkennen.

Seine Augen waren größer als die eines Menschen, völlig schwarz bis auf einen hellen roten Fleck in der Mitte. Sie hätte Angst haben müssen, besonders als sie die bösartig aussehenden Krallen sah, die aus seinen Knöcheln ragten.

Aber dieser Außerirdische war keine Gefahr für sie.

Er war der *Ihre*.

Woher konnte sie das wissen? Was ließ sie aufstehen, die drei Energieriegel, die sie gefunden hatte, klappernd zu Boden fallen lassen? Warum durchquerte sie den Raum mit großen Schritten, bis sie in seinem Schatten stand?

Als ihre Hände seinen harten Bizeps umklammerten und ihre Lippen seine berührten, waren die Fragen wie weggewischt. *Warum* sie es tat, spielte keine Rolle. Alles, was zählte, war, dass sie keine Minute mehr atmen konnte, ohne ihre Luft mit ihm zu teilen.

Der Kuss war alles. Sie brach auseinander und

formte sich unter seinem Bann neu. Die Finger des Fremden waren weich, als er ihre Wange umfasste, ihren Kopf zurückwarf und die Kontrolle übernahm. Lis war machtlos, sie konnte ihn nicht aufhalten. Sie wollte es auch gar nicht.

Sie brauchte ihn. Musste sich ihm hingeben und eins werden.

Was?

Lis dachte nicht so. Sie brauchte *niemanden*.

In Windeseile kam sie wieder zu sich. Es war, als wäre sie gerade lange genug aus ihrem Körper herausgetreten, um von einer lustvollen Bestie überrumpelt zu werden. Seine Lippen fühlten sich gut an, und Lis spürte immer noch diese schweißtreibende Verzweiflung tief in ihrer Seele. Aber sie besaß ihn nicht; sie gehörte ihm nicht.

Sie erstarrte in seiner Umarmung. Der Außerirdische schien ihre plötzliche Zurückhaltung zu spüren und nahm sein Gesicht ein paar Zentimeter zurück, so dass sie gerade genug Platz hatte, um ihn genau zu betrachten. Aus der Nähe wirkte das Rot seiner Augen noch bedrohlicher, und sie entdeckte seltsame Furchen auf jeder seiner Wangen.

Trotz ihrer Angst und Verwirrung war sie fasziniert. Wer *war* dieser Mann? Er mochte zwar ein Außerirdischer sein, aber er war ganz eindeutig männlich. Ohne es zu wollen, griffen ihre Finger nach oben und fuhren die harte Kante seiner Wange entlang, das, was sie als Wangenknochen bezeichnet hätte, wenn er ein Mensch wäre.

„Kih wag Ruwen", sagte er, während er seinen Kopf in ihre Umarmung neigte. „Ich bin Ruwen" in Interstellar Common, der Sprache der Sterne.

„Kih wag Lis", flüsterte sie. Sie kannte nur ein paar Sätze der Sprache. Niemand auf der Erde benutzte sie. Aber jetzt hatte sie einen Namen für alles, was in ihr brodelte. Ruwen. Ja, das klang völlig richtig.

Er versuchte, mehr zu sagen, aber sie verstand nicht. Das wurde ihm erst nach einem Moment klar, als er die Verwirrung erkannte, die in ihren eigenen braunen Augen zu sehen gewesen sein musste. Glaubte er, dass ihre Augen so seltsam und bedrohlich waren, wie sie seine fand?

Ruwen streckte eine seiner Hände nach oben und legte sie auf die, die sie ihm an die Wange hielt. Und als sie die Krallen sah, die aus den ersten Fingerknöcheln seiner Hände ragten, wurde sie erneut an die Gefahr erinnert.

Das war nicht richtig. Er hatte ihr etwas angetan.

Lis bäumte sich auf, drehte sich herum und trat ihm in die Knie, was nur funktionierte, weil er nicht damit gerechnet hatte, dass sie gegen ihn kämpfen würde. Bevor er sich erholen konnte, rannte sie los, sprang über ihn hinweg, um zur Tür und den Flur hinunter zu laufen.

Er versuchte, nach ihr zu greifen, aber seine Hände streiften nur ihr Hosenbein, wobei eine dieser bösen Krallen einen zehn Zentimeter langen Streifen in den Stoff direkt über ihrem Knöchel riss.

Dieser Mann, Ruwen, stellte für sie eine größere Bedrohung dar als irgendeiner der Polai. Keiner von ihnen hatte sie in einen lustvollen Rausch versetzt. Keiner von ihnen hatte in ihr den Wunsch geweckt, sich zurückzulehnen und von einem Fremden genommen zu werden.

Das Begehren kribbelte noch immer tief in ihr, und ihr Geschlecht schwoll vor ungewolltem Verlangen an. Es machte das Laufen umso schmerzhafter, weil sie das unangenehme Ziehen ihres Oberteils über ihren Brüsten spürte.

Hatte er sie mit einer Art Sex-Laser angegriffen? Oder vielleicht mit einem geruchlosen Gas? Hatte er vor, sie als Sexsklavin zu nehmen oder sie an den Meistbietenden zu verkaufen? War das der Grund, warum die Entführer sie ohne Vorwarnung oder wirkliche Erklärung hatten gehen lassen?

War sie hierher gebracht worden, um gejagt zu werden?

Lis konnte hören, dass er ihr dicht auf den

Fersen war. Er war zu groß, um sowohl schnell als auch leise zu laufen, und im Gegensatz zu ihr trug er dicke Stiefel, die auf dem Betonboden viel Lärm machten. Ihre Schritte waren nicht lang genug, um ihm mehr als ein paar Minuten lang zu entkommen. Sie rannte einige Sekunden lang weiter, bevor sie merkte, dass er nicht mehr hinter ihr her stapfte.

Lis wurde langsamer, wachsam. Der Eingang war nicht mehr weit, aber sie sah sich um und spitzte die Ohren, in der Hoffnung, einen Hinweis darauf zu bekommen, wohin Ruwen gelaufen war.

Es war sinnlos. Entweder hatte sie ihn abgehängt oder er verfügte über eine fortschrittliche Tarntechnologie und sie war aufgeschmissen. Sie nahm das Ende des Flurs ins Visier und lief los, denn sie wusste, dass sie nur noch zwei Abbiegungen von der Freiheit entfernt war.

In der ersten Kurve rannte sie direkt in Ruwen hinein und konnte nicht zum Stehen kommen, bevor sie gegen seine harte Brust prallte. Sie war so nah dran, dass sie sein Herz klopfen hören konnte, ein vertrautes *Pochen,* genau wie ihr eigenes Pochen. Im gleichen Takt wie ihr eigenes.

Er machte zwei Schritte vorwärts, zwang sie zurück und legte eine Hand an die Wand hinter ihr, um sie einzukesseln. Er lehnte sich dicht an sie heran, bis sie nur noch Zentimeter voneinander entfernt waren, atmete tief ein und nahm ihren Duft in sich auf. Dann schaute er finster drein.

Das geschah ihm recht. Sie hatte seit Wochen nicht mehr geduscht, und der Gestank musste überreif sein. Sie hatte sich seit Tagen nicht mehr richtig riechen können, ein kleiner Segen.

Sein Moment der Ablenkung hätte ihr die Möglichkeit geben sollen, zu kämpfen, aber als Lis ihre Hand zurückschnellen ließ, konnte sie sich nicht dazu durchringen, zuzuschlagen. Der Gedanke, ihm etwas anzutun, fühlte sich ... nicht gerade falsch an. Es fühlte sich unmöglich an, undenkbar.

Was hatte er mit ihr gemacht?

Er versuchte erneut, mit ihr auf IC zu sprechen, aber sie verstand ihn nicht.

Lis versuchte erneut, ihn zu schlagen, aber ihre Arme wollten nicht funktionieren. Sie stellte sich vor, wie sie ihn mit ihrem rechten Haken, der in ganz Nord-Ohio für seine Schnelligkeit und seinen Schlagkraft bekannt war, niederstreckte. Trotzdem unmöglich.

Sie drückte sich gegen ihn und versuchte, sich zu befreien, und Verzweiflung machte sich breit. Ruwen legte ihr einen Arm auf die Schulter und strich sie glatt, wobei er Worte sprach, die sie nicht verstand, in einem Ton, der wohl beruhigend wirken sollte.

Lis konnte ihm nicht wehtun. Aber sie konnte ihrem niedersten Instinkt nachgeben. Das Einzige, was sie etwas mehr wollte, als der Lust nachzugeben und ihn wieder zu schmecken.

Sie holte tief Luft und stieß einen markerschütternden Schrei aus, nur wenige Zentimeter von einem seiner spitzen Ohren entfernt.

Er zuckte zurück und ließ ihr gerade genug Raum, um sich unter seinen Armen durch zu ducken und noch einmal loszulaufen.

Lis rannte aus der Tür und auf das Feld. Die Nächte waren kurz auf Polai und die Sonne hatte bereits begonnen, hinter dem Wald über den Horizont zu schauen. Sie konnte sich nicht darauf verlassen, dass der Schutz der Dunkelheit sie in Sicherheit bringen würde.

Anstatt in den Wald zu gehen, aus dem sie gekommen war, ging Lis in Richtung Süden, einen kleinen Pfad entlang, von dem sie annahm, dass er in die Berge führte.

Ruwen konnte nicht weit hinter ihr sein, aber sie musste entkommen. Diesmal würde sie nicht stehen bleiben und sich noch einmal von ihm den Weg abschneiden lassen.

Sie hörte, wie er ihren Namen aus der Nähe der

Tür rief, aber sie lief weiter, der Weg wurde steinig und steil, als sie den ersten der Ausläufer erreichte, die schließlich ins Hochland führten.

Die Felsen schnitten in ihre nackten Füße, aber das war ihr egal. Sie sollten ruhig bluten, solange sie nur entkam.

Er rief erneut, diesmal näher, seine Stimme war fast panisch.

Wenn sie nachgedacht hätte, wäre sie vielleicht ins Grübeln gekommen. Aber Lis konnte ihre Gehirnkapazität nicht für Worte oder das Entschlüsseln einer fremden Sprache verschwenden.

Sie erreichte die Spitze des ersten kleinen Hügels und stolperte, wobei sich die Felsen unter ihren Füßen verschoben und sie fast über eine steile Klippe stürzte. Sie bäumte sich auf und versuchte, sich vor dem Sturz zu bewahren. Die Kante begann nachzugeben, und der Weg, den sie bisher entlanggelaufen war, wurde plötzlich immer kürzer, als die schmale Spitze des Hügels unter ihr zusammenbrach.

Sie drohte zu fallen. Sie versuchte, vorsichtig zurückzutreten, aber mit jedem Schritt, den sie tat, gab der Boden nur schneller nach, als ob die Felsen so prekär gestapelt wären, dass jeder Druck auf sie zu einem strukturellen Versagen führen musste.

Lis blickte über ihre Schulter zurück und sah,

dass Ruwen nur etwa fünfzehn Meter hinter ihr stehen geblieben war, seine Füße immer noch sicher auf festem Boden. Sie spürte einen seltsamen Schmerz, ohne zu wissen, warum sie Bedauern empfand.

Sie holte tief Luft und blickte in das Tal unterhalb der Klippen. Sie war Lichtjahre von zu Hause entfernt, und hier würde sie begraben werden, ihre Knochen vergessen, das Ende ihrer Geschichte ein Geheimnis für die wenigen Freunde, die sie zu Hause hatte.

Der Boden bewegte sich erneut, und Lis atmete tief ein, wobei sich ein seltsames Gefühl der Ruhe über sie legte.

Das war es.

Als sie spürte, wie der Laserimpuls sie zwischen den Schulterblättern traf, wurde ihr Schrei unterbrochen, denn der Strahl ließ sie völlig erstarren.

Alles wurde still.

4
KAPITEL VIER

Denya.

Ru war mehr als fünfzehn Jahre lang zu den Sternen gereist. Er war mehr außerirdischen Spezies begegnet, als er benennen konnte, und hatte Sehenswürdigkeiten gesehen, die sich ein an einen Planeten gebundener Mensch nicht vorstellen konnte. Aber er hatte immer gewusst, dass, wenn er das Glück haben würde, seine Partnerin zu finden, sie eine der wenigen Detyen-Frauen sein würde, die über das ganze Universum verstreut waren.

Jetzt hatte sich das Universum verschoben, und eine unmögliche Möglichkeit tat sich vor ihm auf. Eine menschliche Denya.

Lis.

Sie schlief in dem leeren Mannschaftsquartier, eingesperrt in dem kleinen Raum, aber nicht gefesselt. Sein Blaster verfügte über eine Einstellung, die das Ziel in einem Lichtstrahl festhielt, der es fixierte, sodass es mit Leichtigkeit transportiert werden konnte.

Bis zu dem Zeitpunkt, an dem Lis fast von der brüchigen Klippe gestürzt war, hatte Ru nicht daran gedacht, die Waffe zu benutzen. Er verstand, dass sie Angst hatte, dass sie das plötzliche Band, das zwischen ihnen entstanden war, nicht verstehen konnte. Aber er würde sie nicht zwingen. Und er würde ihr niemals wehtun. Es sei denn, sie wäre in äußerster Gefahr, aus der sie nur durch einen schmerzhaften Eingriff gerettet werden konnte.

Sein Herz war ihm fast aus der Brust gesprungen, als er sah, wie der Boden unter ihr nachgab. Ru hatte sich ohne nachzudenken bewegt, auf sie geschossen und sie in den letzten Sekunden vor dem tödlichen Unfall in Position gehalten.

Er wusste, dass die Menschen eine widerstandsfähige Spezies sind, aber auch sie haben ihre Grenzen.

Ru hatte für seinen Blaster den kleinen Traktorstrahl-Aufsatz benutzt, um die erstarrte Gestalt seiner Denya wieder aufzurichten, und der Gedanke, sie im Wald zurückzulassen, war ihm nie gekommen. Da er wusste, dass sie stundenlang schlafen würde — der Blaster war die Hölle für die Physiologie eines jeden — legte er sie in eine der Mannschaftskojen und überließ sie sich selbst.

Schließlich verließ er sie.

Er betrachtete sie allerdings vorher eingehend und genoss die atemberaubenden Züge ihres Gesichts und ihre einzigartigen menschlichen Rundungen. Als er seine ersten Menschen gesehen hatte, war ihm ihre Haut seltsam leblos vorgekommen, ohne Clanmuster, Streifen oder Markierungen. Es gab sie in einer Vielzahl von Farben, aber alle entlang eines Spektrums von hellbeige bis dunkelbraun. Keiner hatte die leuchtend grüne Haut, die er auf den Fotos seiner Großmutter gesehen hatte, oder das feurige Orange seines Bruders.

Bei seinem Volk hätte Ru als einfarbig gegolten, denn seine Haut war nur ein wenig gelber als Lis' menschliche Hautfarbe. Die Menschen, die er kannte, hielten ihn für genauso bunt wie den Rest der überlebenden Detyen.

Als er Lis anschaute, sah er nicht länger eine stumpfhäutige Außerirdische. Ihre Haut glühte förmlich in einem goldenen Braun und war überall glatt, zumindest soweit er es sehen konnte. Er zog ihr die Jacke aus, ließ sie aber in ihrer restlichen Kleidung ruhen. Sie waren schließlich immer noch Fremde, und sie wäre zweifellos beleidigt, wenn er sie ohne ihre Zustimmung ausziehen würde.

Aber der Gedanke an ihre Nacktheit brachte sein Blut in Wallung.

Er hatte die Härte der Muskeln in ihren Armen und Beinen gespürt, als er sie in die Koje gelegt hatte, aber es waren die Wölbung ihrer Hüften und ihre Brüste, die ihn faszinierten. Detyen-Frauen waren ähnlich geformt wie Detyen-Männer, breitschultrig, schmalhüftig und kleinbrüstig.

Als vorurteilsfreier Liebhaber allen intelligenten Lebens hatte Ru immer einen besonderen Platz in seinem Herzen für die weibliche Form der Detyen gehabt. Doch als er Lis ansah, spürte er, wie sich seine eigenen Vorlieben veränderten. War es das Denya-Band, das zwischen ihnen wuchs? Oder war seine Denya einfach nur eine unglaublich schöne Frau?

Sie war wunderschön, auch wenn sie offensichtlich schon seit einiger Zeit in der Wildnis umhergeirrt war.

Er wusste nicht, wie ein Mensch auf Polai landen konnte aber sie hatte Glück, dass er derjenige war, der über sie gestolpert war, und nicht einer der einheimischen Bewohner. Sie waren Fremden gegenüber nicht sehr freundlich gesinnt und liebten es, Außerirdische einzusperren und sie der polainischen Öffentlichkeit zur Schau zu stellen.

Die Entbehrungen hatten sich durch den

Schmutz, der seit Wochen nicht weggeputzt worden war, in ihre Haut eingebrannt, ganz zu schweigen von dem Gestank des harten Lebens, der tief in ihre Haut und Kleidung eingedrungen war. Wäre er ein anderer Mann gewesen, hätte er sich vielleicht die Freiheit genommen, Lis zu waschen, während sie bewusstlos war. Aber er kannte nur sehr wenige Frauen, die diesen Aufwand zu schätzen gewusst hätten.

Nachdem er Waschzeug und frische Kleidung bei ihr gelassen hatte, nahm sich Ru nur noch eine weitere Freiheit. Er holte einen kleinen dermalen Übersetzer hervor und strich in die Haut in ihrem Nacken, wobei seine Finger die Weichheit ihres Fleisches genossen. Sie hatte es nicht verstanden, als er mit ihr auf IC gesprochen hatte, nachdem sie ihren Namen genannt hatte. Jetzt würden sie wenigstens reden können, sobald sie aufwachte.

Dann ließ er sie die Auswirkungen des Schusses ausschlafen, und er wusste, dass sie bis zum Morgen schlafen würde.

Sein Schiff lag versteckt auf einer Wiese in der Nähe der Hügel des polainischen Vorgebirges. Er hatte die Verteidigungsanlagen so eingestellt, dass normale Scans ihn nicht entdecken konnten. Seine primäre Tarnvorrichtung würde nutzlos sein, bis sie vollständig aufgeladen war, aber die passiven

Verteidigungsanlagen würden sie gut verstecken. Und sobald das Schiff wieder aufgeladen war, konnten sie den Planeten in wenigen Minuten verlassen und sich dem nächsten Abenteuer widmen.

Er musste sie nur davon überzeugen, dass er es wert war.

Ru schlief in dieser Nacht zum ersten Mal seit Jahren mit Hoffnung im Herzen ein. Das drohende Schreckgespenst des Untergangs verflog und er träumte von einem kleinen Haus auf einem grünen Planeten, das er sein Zuhause nennen konnte.

Er schlief zwar tief und fest, aber nicht lange. Knapp vier Stunden später wälzte er sich aus dem Bett und machte sich bereit, Lis das Schiff zu zeigen und ihr, wie er hoffte, die ersten Schritte in ihrem Leben mit ihm zu ermöglichen.

Wäre sie eine Detyen gewesen, hätte es keine Frage gegeben. Sie wüsste, was die Verbindung sowohl für ihre Beziehung als auch für ihr Wohlbefinden bedeutete. Bei den Detyen war es immer besser, sich zuerst zusammenzutun und alles andere später zu klären.

Aber sie war ein Mensch. Ihre Paarungsrituale konnten sich über Jahre hinziehen und durch ein falsches Wort oder einen falschen Blick verpuffen.

Manche betrachteten eine unvollendete Romanze sogar als die höchstmögliche Form der Liebe.

Er hoffte, dass sie nicht zu dieser Sorte gehörte.

Ru schaltete den kleinen Bordcomputer ein und rief eine Informationsseite über Menschen auf. Normalerweise benutzte er diese Enzyklopädie für Informationen über die Schwächen anderer Spezies, aber jetzt wollte er einfach wissen, was Lis essen würde.

Ihre Ernährung war der seines eigenen Volkes nicht ganz unähnlich. Als Ru hörte, wie die Wasserpumpe anging, wusste er, dass Lis aufgewacht war. Er machte sich ans Kochen, während sie duschte. Bald würde sie entdecken, dass sie in diesem Quartier gefangen war, und er hoffte, ihr eine einladende Mahlzeit anbieten zu können, bevor sie zu wütend werden konnte.

Sie war nicht wirklich seine Gefangene, aber er konnte sie nicht hier auf Polai zurücklassen. Und er wusste nicht, wie er sie gehen lassen konnte, ohne sich mit ihr zu verbinden.

Sie ließ sich Zeit mit dem Waschen. Das Wasser hörte erst nach gut dreißig Minuten auf zu laufen. Aber bis es soweit war, hatte Ru eine kleine Mahlzeit zubereitet und sie auf den Essplatz neben den Küchenmaschinen gestellt.

Sein Schiff war zu klein für eine große Küche. Es

konnte eine fünfköpfige Besatzung aufnehmen, ihn selbst eingeschlossen, aber nicht genug Ladung, um bei normalen Flügen Gewinn zu machen. Aber es war schnell und konnte bei Bedarf leicht von einer Person gesteuert werden. Das machte es ideal für die geheime Arbeit, in der Ru ein Experte geworden war.

Gefährlich, illegal und höchst profitabel.

Was aus dieser Arbeit werden würde, war jetzt völlig offen. Er hatte bereits gekündigt, und die jungen Detyens waren zwar nicht dafür bekannt, dass sie ihre Credits sparten, aber er war er sehr gut in seinem Job. Er wusste, dass er gerade etwas voreilig war und den zweiten Schritt vor dem ersten machte.

Als das Wasser abgestellt wurde, ließ er das Essen auf dem Tisch stehen und ging, um Lis zu holen. Dies war der wichtigste Job seines Lebens, und er wollte ihn nicht vermasseln.

5
KAPITEL FÜNF

Eine andere Frau hätte vielleicht versucht zu fliehen, wenn sie in einer unbekannten Umgebung aufwachte, nachdem sie von einem fremden Mann, der zu sexy für ihr Wohl war, niedergeschlagen worden war. Aber diese hypothetische Frau hatte wahrscheinlich nicht gerade den erholsamsten Schlaf des letzten Monats erlebt. Also nahm sich Lis einen Moment Zeit, um ihn auszukosten.

Als sie den Stapel mit den Toilettenartikeln und die Tür zu der kleinen Duschkabine erblickte, war ihr Entschluss gefasst, bevor sie überhaupt daran denken konnte, zu gehen.

Sie stöhnte, als der warme Wasserstrahl auf ihren geschundenen Körper traf und begann, den festsitzenden Gestank der letzten Wochen abzuwaschen. Lis schrubbte und schrubbte, wusch ihre Haut und ihr

Haar, bis das Wasser klar war und ihre Haut rot und zart war. Es dauerte länger, als sie erwartet hatte, und nach der Hälfte der Zeit warf sie einen Blick auf die Tür.

Sie musste bei Ruwen sein.

Warum flippte sie dann nicht aus? Wenn ein bisschen Seife und warmes Wasser ihre Ängste wegspülten, dann hatte sie eindeutig größere Probleme, als sie dachte.

Lis beendete ihre Dusche, trocknete sich ab und nahm sich nun die Zeit, den kleinen Raum zu begutachten. Vier Etagenbetten waren an den Wänden verschraubt und mit einziehbaren Kabeln aufgehängt. Alle diese Betten konnten hochgeklappt werden, sodass sich der Platz im Raum verdoppelte. Nur das Bett, auf dem sie geschlafen hatte, war derzeit ausgeklappt.

Die Wände waren aus mattgrauem Metall, und eine kleine Bank bündig an der Wand gegenüber dem Bad, hochgeklappt wie die Kojen.

Es sah nicht so aus wie in den Sendungen, die sie zu Hause sah, aber sie war bereit zu wetten, dass sie sich auf einem Raumschiff befand. Aber dem Sog der Schwerkraft in ihren Füßen nach zu urteilen, befanden sie sich auf einem Planeten.

Wahrscheinlich immer noch auf Polai. War das gut? Sie war sich nicht sicher.

Lis zog sich die Kleidung an, die Ruwen für sie dagelassen hatte. Er hatte sie in der scheußlichen Kleidung schlafen lassen, die ihre Entführer ihr gegeben hatten, und sie war dankbar für den Respekt vor ihrer Privatsphäre, vor ihrem Körper. Sie war sich nicht sicher, was der Schuss, den er auf sie abgefeuert hatte, mit ihr anstellen sollte, aber er hatte ihr das Leben gerettet. Und er hatte sie nicht entkleidet.

Sie war ziemlich tief gesunken, wenn man bedenkt, wie erleichtert sie war, dass ein fremdes Wesen sie *nicht* angegriffen hatte, als sie bewusstlos war.

Trotzdem war sie nicht bereit, einfach zu gehen. Sie testete die Stärke des Kabels, das das Bett an der Wand hielt, aber es ließ sich nicht bewegen. Mit genügend Zeit wäre sie vielleicht in der Lage gewesen, eine Stützstange von der Bank zu lösen, aber sie bezweifelte, dass sie viel Zeit hatte. Sie hatte keine Zeit, den Raum zu zerlegen, um eine Waffe herzustellen.

Sie versuchte die Tür zu öffnen und fand sie verschlossen. Das war keine Überraschung. Aber jetzt, wo sie sauber war und frische Kleidung trug, fragte sie sich, warum er sie nicht gefesselt hatte. Sie ließ nie eines der Arschlöcher, die sie zu Hause als

Kopfgeldjägerin einsammelte, ohne Fesseln. Sie machten alle möglichen Schwierigkeiten.

Doch bevor eine weitere Minute verging, hörte Lis Schritte auf dem Flur. Sie machten vor ihrer Tür Halt, und einen Moment später wurde das Schloss entriegelt. Sie hatte nur eine Sekunde Zeit, bevor sich die Tür öffnete, und sie warf einen kurzen Blick zurück in den Raum, um zu sehen, ob sich eine Waffe auf magische Weise materialisiert hatte.

Sie spürte ein seltsames Ziehen an ihrem Hals und hob die Hand, um seltsame Beulen und Linien direkt neben ihrer Wirbelsäule zu ertasten. Ein Kontrollchip? Die Tür glitt auf, bevor Lis versuchen konnte, einen Blick in den Spiegel zu werfen.

Ruwen stand vor ihr, die Hände locker vor sich verschränkt und mit einem milden Ausdruck im Gesicht. Er hob eine Augenbraue, als er sah, wie sie ihre Hand schnell nach unten schob, wo sie an ihrem Hals rieb. „Guten Morgen", sagte er, und die Worte kamen laut und deutlich auf Englisch. Er deutete auf seinen eigenen Hals: „Ich habe dir einen dermalen Übersetzer eingesetzt. Ich hatte gehofft, es würde die Unterhaltung erleichtern."

Ein Übersetzer, kein Kontrollchip. Das war tatsächlich ... hilfreich.

Im Licht des Schiffes konnte sie ihn besser sehen als in der schummrigen Beleuchtung der

Nacht zuvor. Er hatte die dunkle Arbeitskleidung, die er auf seiner Mission getragen hatte, gegen eine eng anliegende dunkle Hose und ein hellgrünes T-Shirt ausgetauscht, das seine Haut praktisch neonfarben leuchten ließ. Er sah nicht wie einer der Außerirdischen aus, die auf der Erde ihr Zuhause hatten. Sie hatten meist Hörner und furchterregende Stoßzähne, die aus ihren Kiefern ragten.

Die seltsame Anziehungskraft war nicht verschwunden. Sie konnte immer noch spüren, wie sie sich in ihrem Bauch aufbaute, sie von innen heraus erhitzte und sie dazu bringen wollte, sich nach vorne zu beugen und ihn ganz ins Zimmer zu ziehen, damit sie sich mit ihm auf der Koje vergnügen konnte.

Aber es war nicht wie in der Nacht zuvor. Sicher, sie *wollte* sich von ihm lange und hart nehmen lassen, bis sie beide erschöpft waren, aber jetzt hatte sie die Kontrolle. Es war kaum noch ein Kampf, eher ein kleiner Kampf.

„Danke für den Übersetzer", sagte sie. Noch bedrohte er sie nicht, also versuchte sie, höflich zu sein. Die Flucht würde viel schwieriger sein, wenn er nervös war. „Wo sind wir?"

Ruwen lächelte und blickte sich um: „Mein Schiff." Er sagte es mit dem gleichen Stolz, mit dem ein Erdenmensch über ein gut gewartetes Fahrzeug aus dem zwanzigsten Jahrhundert sprechen würde.

Sein Schiff. Das hatte sie verstanden. „Auf Polai?" Sie sprach jede Silbe mit äußerster Vorsicht aus, weil sie befürchtete, dass sie wieder weglaufen musste, wenn sie etwas Falsches sagte. Dies war ihre erste Chance, Informationen zu bekommen, seit sie die Erde verlassen hatte, und sie musste sie nutzen.

Ruwen nickte, scheinbar unbeeindruckt von ihrer Vorsicht. „Ja. Ich habe eine Mahlzeit vorbereitet, wenn du mir folgen willst. Ich bin sicher, du bist hungrig."

Ihr Magen knurrte bei der Erwähnung von Essen und vereitelte ihre Chance zu bluffen. Ihr lief das Wasser im Mund zusammen. „Ich könnte etwas essen", antwortete sie und versuchte, sich nicht vorzustellen, wie gut *irgendetwas* nach so vielen Tagen Energieriegeln schmecken würde.

Er führte sie einen schmalen Gang entlang, der mit kleinen, mit Lederriemen verschlossenen Abteiltüren versehen war. Zusätzlicher Stauraum war das kostbarste Gut auf einem Raumschiff. Der Gang führte in eine kleine Kombüse, in der Ruwen Essen auf den Tisch und Teller für zwei Personen gestellt hatte. Die Stühle standen sich gegenüber. Die Kombüse war mehr Flur als Raum. Sie entdeckte eine Tür, die an einen unbekannten Ort führte, aber höchstwahrscheinlich zum Cockpit, etwa eineinhalb Meter hinter Ruwens Stuhl.

Apropos gemütlich. Sein Schiff war wohl nicht länger als ein Lastwagen.

Sie nahm Platz und der Geruch des Essens auf ihrem Teller schlug ihr entgegen. Lis hatte seit Tagen nichts anderes als Proteinriegel gegessen, und die konnten den Hunger, der in ihrem Bauch nagte, bei weitem nicht stillen. Aber dennoch war sie vorsichtig. Er könnte etwas mit dem Essen gemacht haben. Also wartete sie.

Ruwen studierte sie, seine roten Augen verfolgten jeden ihrer Ticks. Sie hätten ihr Angst machen sollen. Auf der Erde sagte man, dass Dämonen rote Augen hatten. Ein mittelalterlicher Mönch hätte Ruwen vielleicht für einen halten können, aber Lis hatte keine Angst um ihre Seele. Es war völlig absurd, aber als sie ihm gegenübersaß, fühlte sie sich wohl und entspannt. Zwei Dinge, die sie nur selten fühlte, selbst wenn sie zu Hause war.

Ihm schien klar zu sein, dass sie erst essen würde, wenn er es tat. Ruwen nahm sein Besteck in die Hand, schnitt eine kleine Scheibe von dem Fleisch auf seinem Teller ab und legte sie auf die Scheibe Brot. Er nahm einen Bissen, kaute und schluckte mit Bedacht und lächelte sie dann an.

Sie lächelte nicht zurück. Und der paranoide Teil

in ihr flüsterte, dass er ihren Teller vergiftet haben könnte. Aber als Ruwen nach ihrem Essen griff und seinen Teller mit ihrem tauschte, hätte sie vor Schreck vom Stuhl fallen können.

Ihre Hand flog zu dem Übersetzer an ihrem Hals.

„Er erlaubt mir nicht, deine Gedanken zu lesen", sagte er und las ihre Gedanken. „Und wenn du etwas anderes möchtest, steht dir mein Prozessor zur Verfügung".

Lis ließ ihre Hand sinken, griff nach dem Rand des kleinen Metalltellers und zog ihn zu sich heran. Sie aß schweigend und versuchte, zwischen jedem Bissen mindestens fünf Sekunden zu warten. Wäre er nicht da gewesen, hätte sie alles so schnell wie möglich verschlungen.

Sie aß den Teller leer und ließ nur ein paar Krümel von dem überraschend köstlichen und sättigenden Brot übrig. Spinnweben lösten sich aus ihrem Kopf, als ihr Körper zu verarbeiten begann, dass sie zum ersten Mal seit ihrer Abreise von der Erde gut gesättigt war.

Ruwen nahm ihr den Teller ab. „Möchtest du noch etwas mehr?", fragte er in einem Ton, den man normalerweise für eine streunende Katze hätte.

Lis schüttelte den Kopf. Er schien zu verstehen, dass das Nein bedeutete.

Er kam mit zwei Flaschen Wasser zurück an den Tisch und stellte eine davon vor sie hin. Die Tatsache, dass er sich nicht am Essen zu schaffen gemacht hatte, machte es leichter, ihm zu vertrauen, und sie wartete nicht darauf, dass er zuerst trank. Sie trank die Hälfte der Flasche in gierigen Schlucken aus. Sie hatte mehrere große Schlucke von dem heißen Wasser in der Dusche genommen, aber das hatte ihren Durst nicht annähernd gestillt. Als sie die Flasche ausgetrunken hatte, war sie endlich bereit zu reden.

„Wer bist du?", fragte sie. Ein Name war nicht genug.

Er lehnte sich in seinem Stuhl zurück und stützte seine Hände auf den Tisch. Die Krallen an seinen Fingerknöcheln waren eingezogen, so dass nur noch die kleine Spitze herausschaute, eine subtile Erinnerung an tödliche Macht. „Mein Name ist Ruwen NaNaran. Aber alle nennen mich Ru. Ich bin ein Detyen und ein Freiberufler. Ich bin wegen eines Auftrags nach Polai gekommen."

„Ich habe noch nie von den Detyen gehört." Jede Woche gab es in den Medien einen Bericht über eine neu entdeckte außerirdische Rasse, Lis hatte also schon von vielen Außerirdischen gehört.

Seine Augen verfinsterten sich, die rubinroten Punkte wurden fast schwarz, und seine Haltung straffte sich. „Wir sind ... nur wenige." Er erklärte es nicht weiter.

Es schien so schmerzlich für ihn zu sein, dass sie sich nicht überwinden konnte, nachzufragen. Sie zwang sich, mit dieser Erklärung zufrieden zu sein. „Warum hast du mich hierher gebracht?" Wenn er ihre Fragen beantworten würde, würde sie nicht aufhören, sie zu stellen. Sie brauchte alle Informationen, die sie bekommen konnte.

Ruwen beantwortete ihre Frage. „Polai ist kein Ort für einen Menschen."

„Das habe ich verstanden." Trotz der Umstände, die sie auf das Schiff gebracht hatten, war sie dankbar für das Essen und den Schutz vor dem grellen Sonnenlicht. „Aber ..." Sie wollte diesen Teil *wirklich* nicht erwähnen. Doch Lis hatte ihr Leben damit verbracht, Dinge zu tun, die sie nicht tun wollte. „Aber das erklärt nicht, warum ich hier bin. Oder warum wir gestern Abend ..."

„Ich möchte mich für mein Verhalten entschuldigen", unterbrach er sie eilig, bevor sie ihm irgendetwas vorwerfen konnte.

„Was?" Sie konnte sich nicht daran erinnern, dass sich *jemals* ein Mann für einen Kuss entschuldigt hatte, auch wenn der Kuss unerwünscht und unerwartet gewesen war.

Ru stand auf und schob seinen Stuhl mit einer

geübten Bewegung an den Tisch. Er lehnte sich an die Wand gegenüber dem Tisch und sah mit verschränkten Armen zu ihr hinunter. „Ich habe nicht erwartet, dich zu finden — nein, das ist nicht richtig. Lass mich von vorne anfangen."

„Ich denke, das wäre das Beste." War er eine Bedrohung für sie? Oder war das alles das Ergebnis eines überlebensgroßen Missverständnisses?

Rus Lippen verzogen sich zu einem schiefen Lächeln. „Siehst du, du bist meine Gefährtin."

Moment, was?

„G … Gefährtin?", stammelte sie. Lis bewegte sich von ihrem Platz am Tisch zurück und ging ein paar Schritte von ihm weg, wobei sie ihren Stuhl zwischen ihnen ließ. Sie blieb in der Kombüse, aber nur ein paar Zentimeter. Es gab dort Waffen, die sie benutzen konnte, wenn sie nur eine Sekunde Zeit hatte, die Messerschublade zu finden. Sie ließ ihn nicht einen Schritt näher kommen.

Ru hob eine Hand, das Lächeln verschwand aus seinem Gesicht. „Ich will dir nichts Böses. Ich schwöre es bei meinem Leben." Er sagte es so ernst, dass sie innehalten musste.

„Ich habe keinen Gefährten." Menschen haben keine Gefährten. Das war nicht ihr Ding. Sie hatte Gerüchte über außerirdische Spezies gehört, die sich durch seltsame DNA-Merkmale verbanden, aber sie hatte noch nie von einer spezies- und planetenüber-greifenden Bindung gehört. Das war nicht möglich. Obwohl ... Nein, das konnte nicht passieren.

Ru legte seine Hand auf sein Herz, blieb aber an Ort und Stelle, als hätte er Angst, dass sie wieder davonlaufen würde. „Ich weiß, es ist schwer zu verstehen ...“

„Nein, nein, nein“, unterbrach sie kopfschüt-telnd, „das ist überhaupt nicht schwierig. Das war so ein komisches Kampf-oder-Flucht-Ding. Ich mache nicht einfach mit jedem beliebigen heißen Alien rum, den ich sehe. Ich war am Verhungern und hatte Wahnvorstellungen.“ Hatte sie ihn gerade heiß genannt? Scheiße!

Sicher, seine Schultern waren breit und musku-lös, und sie dachte, sie könnte auf ihn klettern wie auf einem Baum, ohne dass er die zusätzliche Last spüren würde. Und ja, seine Lippen *waren* uner-wartet weich unter ihren eigenen und sie hatte sich in seinen Armen fast sicher gefühlt. Und ... als der Wahnsinn in ihrem Kopf herumwirbelte, wurde ihr bewusst, dass sie einen halben Schritt auf ihn zuging, einen Arm ausgestreckt.

Okay, räumte sie innerlich ein, es *könnte* eine seltsame Verbindung gegeben haben.

Lis wusste nicht, was sie mit dieser Information

anfangen sollte. Sie *konnte nicht* die Gefährtin dieses Außerirdischen sein. Aber ein dunkler Teil von ihr flüsterte, dass sie das nutzen könnte. Ihre Augen verengten sich und sie studierte ihn erneut. Er schien damit zufrieden zu sein, darauf zu warten, dass sie eine Entscheidung traf. Ru hielt still, die Körperhaltung entspannt, aber mit der Haltung eines Kämpfers.

Es war kein Krieger, der da vor ihr stand. Das konnte sie an der Form seines Schiffes und dem kleinen Blaster an seinem Gürtel erkennen. Er hatte sich vorhin als Freiberufler bezeichnet, aber das war nur die höfliche Umschreibung für einen Auftragskiller oder vielleicht einen Schmuggler. Sie hatte selbst schon einige „Aufträge" erledigt.

Sie kannte seinen Typ und wusste, dass sie bei einem direkten Kampf mit ihm nicht so schnell wieder auf die Erde zurückkehren würde. Gefährtin. Bezahlung. Das hörte sich für sie gleich an, und wenn er glaubte, sie gehöre ihm, würde er sie nicht gehen lassen.

Aber ... nun, er würde sie auf jeden Fall von diesem gottverdammten Felsen wegbringen. *Und* sie hatte jetzt einen Übersetzer, etwas, das sie brauchen würde, wenn sie jemals den Weg nach Hause finden wollte. Lis konnte die seltsame Anziehungskraft ignorieren und alle seltsamen Gedanken an

Gefährten oder etwas ähnlich Unmögliches verdrängen.

Was sie nicht ignorieren konnte, war eine Gelegenheit. Ru wollte sie. Sie wollte Polai verlassen. Es schien, als wäre das eine Verbindung, die irgendwo in der Milchstraße geboren wurde.

Er brauchte ja nicht zu wissen, dass er sie nicht behalten durfte.

Lis formte ihre Miene zu einem weniger verschlossenen Gesichtsausdruck und legte ihre Finger auf die Rückenlehne des Küchenstuhls. Sie atmete tief durch und versuchte, so zu tun, als würde sie sich gerade noch sammeln. Sie zog den Stuhl zurück und setzte sich noch einmal. Das Leben in den Ödlanden hatte ihr viel Übung darin gegeben, Menschen zu täuschen, die an Hoffnung glauben wollten.

„Es tut mir leid", sagte sie und schlüpfte in die Rolle des bedrängten Opfers. „In den letzten Tagen ist so viel passiert, dass ich einfach ... Zeit brauche. Kannst noch einmal anfangen? Und es langsam erklären?"

Sie brauchte jede Information, die er preisgeben würde.

6

KAPITEL SECHS

Ru wusste, dass er seiner Denya hätte vertrauen sollen. Wenn sie eine Detyen gewesen wäre, hätte er es getan. Aber Lis hatte sich zu schnell beruhigt, als dass er glauben konnte, dass sie bereit war, ihn auf dieser Reise zu begleiten.

Er würde vorsichtig vorgehen müssen. Zweifellos würde sie versuchen, bei der ersten Gelegenheit zu fliehen, vielleicht sogar ihr Leben in der Wildnis von Polai riskieren, anstatt zu sehen, was er zu bieten hatte. Das hätte ihn frustrieren müssen.

Stattdessen war er neugierig.

Das war nicht die Art von Herausforderung, die er erwartet hatte. Doch wie bei allen Herausforderungen würde er sich ihr stellen und triumphieren. Wenn er sie dazu bringen musste, ihn zu lieben, damit sie die Seine werden konnte, würde er sein ganzes Herz in die Aufgabe stecken.

Es gab nichts Wichtigeres als die Verbindung mit seiner Denya.

Er könnte den ganzen Tag hier sitzen und die ganze Geschichte seines Volkes erklären, aber Ru war noch nicht bereit, sie mit einer Schulstunde zu langweilen. Er trat an den Tisch heran. „Würdest du mit mir gehen?"

Lis kniff die Augen zusammen, ihre Finger klammerten sich an die Kunststofftischplatte. „Wohin?"

Ru behielt sein Lächeln für sich. Sie erinnerte ihn an die wütenden streunenden Katzen, die auf jeder Raumstation auf dieser Seite der Galaxis lebten. Sie bissen die Männer und Frauen, die sie fütterten, und kamen dann zurück, um mehr zu bekommen. Aber Ru konnte ein paar Kratzer verkraften. „Ich würde dir gerne mein Schiff zeigen."

Lis Augen weiteten sich und ihre Lippen verzogen sich zu einem schmalen Lächeln. Ihre Hände bewegten sich nicht mehr und sie hielt still, als würde sie bei jeder Bewegung von ihrem Stuhl aufspringen und den Gang hinunterlaufen, um alles auf dem Schiff auszuspähen.

Ru gestaltete die Tour schweigend um und verzichtete auf einen Besuch im Cockpit. Der Kreuzer lief mit einem biometrischen Schlüsselsystem, so dass sie ihn nur starten konnte, wenn sie die Zündung irgendwie neu verkabelte. *Oder* wenn sie seinen bewusstlosen Körper zum Pilotensitz schleppte.

Ja, mit diesem Teil würde er vorerst warten. Er wollte sie nicht dazu verleiten, ihm etwas anzutun.

Als sie aufstand, reichte Ru ihr die Hand, in der Hoffnung, noch einmal den sanften Druck ihrer Haut auf seiner zu spüren. Aber sie steckte ihre Hände in die Taschen und wandte ihren Blick von seinem Angebot ab, als ob es verschwinden würde, wenn sie sich weigerte, es zur Kenntnis zu nehmen.

Ohne ein weiteres Wort zu verlieren, führte Ru sie zurück zu den Schlafräumen. „Du hast die Mannschaftsräume gesehen." Er machte sich nicht die Mühe, die Tür zur Mannschaftskabine oder zu seinem eigenen Quartier zu öffnen.

„Di meinst den Gefangenenraum?", schoss sie zurück.

Für eine kurze Sekunde betete Ru zu seinen Göttern, er möge aufwachen und feststellen, dass dies alles ein Irrtum war und seine Denya in Wirklichkeit eine wunderbare Detyen-Frau war, die die Regeln ihres Universums verstand. Fast ebenso schnell verbannte er den Gedanken wieder. Lis gehörte zu *ihm*, und er würde sie nicht verraten, indem er sie für unwürdig hielt.

Aber der Gedanke, dass sie allein auf diesem Planeten war, ließ sein Blut gefrieren. „Polai ist kein Ort für einen Menschen", sagte er. „Ich war besorgt, dass du verwirrt sein könntest, wenn du aufwachst."

„Nachdem du auf mich geschossen hast?" Sie war ungläubig, holte dann aber tief Luft und lächelte, ihr Ton wurde weicher. „Ich meine, die Dusche war schön."

Verstellten sich alle Menschen? Und taten sie es alle so schlecht? Er bezweifelte, dass ihr die Frage gefallen würde oder dass sie sie wahrheitsgemäß beantworten würde. „Ich bin froh, dass es dir gefallen hat."

Ein paar Schritte von den Mannschaftsquartieren entfernt öffnete Ru eine ganz normale Tür zu einem Raum, der so schwarz war wie die Ozeane von Nuxeria. Er drehte einen Regler an der Wand, und plötzlich standen sie inmitten eines schwarzen Sternenfeldes, das sich über Lichtjahre erstreckte. „Ich komme gerne hierher, wenn mir das Schiff zu klein vorkommt", sagte er ihr. Sogar die Luft veränderte sich. Es fühlte sich nicht mehr so an, als stünden sie inmitten eines winzigen, unbedeutenden Kreuzers.

Lis schnappte nach Luft, und er sah, wie sie eine Hand vor sich ausstreckte und einen der funkelnden Sterne zwischen ihre Finger nahm. Ihre

Stimme war voller Staunen, als sie sprach. „Das Planetarium bei uns zu Hause hatte so etwas, aber es war eine Antiquität. Kaum besser als einer dieser großen alten Filmprojektoren von vor hundert Jahren."

Rus Herz wurde leichter, und zum ersten Mal, seit sie erwacht war, glaubte er, dass sie sich wirklich über etwas freute. Jetzt, wo sie ihn nicht mehr ansah, entspannten sich ihre Schultern und sie gab kleine Laute der Ehrfurcht von sich, während die Sterne um sie herumwirbelten. Er wusste nicht, was sie mit einem ‚Filmprojektor' meinte. Sein Holoplayer funktionierte auch an den besten Tagen kaum und hätte schon vor einem Jahrzehnt ersetzt werden sollen, aber für ihn war er gut genug.

Er griff hinter sich, um ein anderes Szenario aufzurufen, und um sie herum tauchten Bäume auf, die die Sterne auslöschten. Ru roch die Wälder seiner Vorfahren und hörte einen rufenden Vogel, der schon vor seiner Geburt ausgestorben war. Er drehte das Rad ein weiteres Mal, bevor der Rest des Videos abgespielt wurde. Das brauchte er nicht zu sehen. Nicht jetzt.

Bei der nächsten Drehung des Reglers erschien ein idyllischer Strand mit grünen Wellen, die sanft gegen den leuchtend roten Sand plätscherten, während die warme Salzluft um sie herum strömte.

Aber Lis hatte Detya gesehen, und ihre Neugierde war geweckt. „Was war das?"

„Nichts." Und Ru wollte nicht darüber sprechen. Wie aus dem Nichts tauchten zwei Liegestühle auf und er winkte sie heran. „Ich dachte, die Menschen genießen die Sonne."

Lis stieß einen spöttischen Atemzug aus. Er lernte, ihre kleinen Gefühlsäußerungen zu lieben. „Wenn sie nicht gerade versucht, uns zu ermorden." Sie nahm die Einladung an und machte es sich auf dem Liegestuhl bequem, ließ eine Hand seitlich herunterhängen und spielte mit dem Sand. Er wusste, dass es sich nicht wie das Echte anfühlen würde, aber es war nah dran. Sie schaute ihn nicht an, als sie fragte: „Woher weißt du so viel über Menschen?"

Ru nahm neben ihr Platz. „Ich habe nachge-forscht", erklärte er. „Außerdem bin ich schon viel herumgekommen. Ihr seid vielleicht noch nicht lange in diesem Universum, aber ihr kommt ganz schön rum."

„Wir haben seit fast 150 Jahren interstellare Reisen", protestierte sie, als ob eineinhalb Jahrhun-derte auf der galaktischen Skala etwas bedeuten würden. „Der erste Kontakt war vor mehr als einem Jahrhundert."

Er lachte. „Mein Volk bereist die Sterne seit zwei

Jahrtausenden." Es gab Hunderte von Planeten, die die Detyen entdeckt hatten und die in dieser Zeit zu Staub zerfallen waren.

„Wie kommt es dann, dass ich sie noch nie getroffen habe?" Sie meinte es nicht als bohrende Frage, aber sie traf den Nagel auf den Kopf.

Ru dachte an seine Eltern und seinen Bruder und an all die unzähligen Leben, die durch sinnlose Gewalt und eine idiotische evolutionäre Eigenart verloren gegangen waren. Nein, jetzt war nicht der richtige Zeitpunkt, ihr sein Volk zu erklären. Sie wäre vom Schiff gelaufen, bevor er den ersten Satz beenden konnte. Er wechselte das Thema. „Ich muss noch drei Tage warten, bevor das Schiff die Umlaufbahn sicher verlassen kann. Die Polai sind dafür bekannt, dass sie Fremde auf dem Planeten festhalten."

„Warum?" Sie hörte auf, mit dem Sand zu spielen und sah schließlich mit großen, besorgten Augen zu ihm auf. Sie sah ihn nicht mehr so an, als würde er sie jagen und gefangen nehmen ... schon wieder.

Aber die Polai waren leicht zu erklären und kein Thema, das sein Herz schmerzte. „Ihre Gesetze verbieten ihnen die Ausbeutung der einheimischen Polai. Keine Sklaverei. Aber jeder von einem anderen Planeten ist Freiwild und unterliegt nicht dem

Gesetz. Sie können sie ausbeuten oder Lösegeld für ihren persönlichen Vorteil erpressen." Es war ein widerliches Arrangement, aber Ru konnte nicht so tun, als wären es nur die Polai, die es praktizierten.

Für einige Spezies war das einzige intelligente Leben, das es gab, das auf ihrem eigenen Planeten. Sie fanden Wege, dies durch Religion, wirtschaftliche Interessen oder verdrehte Logik zu rechtfertigen. Aber Ru hatte ihre Gründe nie für gut genug gehalten, um zu töten und zu versklaven. Das machte ihm die Entscheidung, den Auftrag gegen diesen Planeten anzunehmen, trotz der Gefahr leicht. Er würde nie zögern, Sklavenhalter zu bescheißen.

Lis wurde blass und richtete ihren Blick auf den fernen Horizont. „Kaufen sie jemals Leute von einem anderen Planeten?", fragte sie leise.

„Das kann ich nicht sagen." Er war nicht mit allen Einzelheiten des Planeten vertraut. Also erzählte er ihr, was er wusste. „Aber es ist kein ungewöhnlicher Ort, um überzählige Passagiere abzusetzen. Es gibt immer Kopfgelder." Er wollte sie fragen, wie sie an diesem elenden Ort gelandet war, aber er hielt die Frage zurück. Sie würde sich öffnen, wenn sie dazu bereit war, und nicht erst ein paar Stunden, nachdem sie sich in seiner Gesellschaft wiederfand, und das nicht gerade freiwillig.

„Und warum drei Tage?", fragte sie, ohne ihm die Erklärung zu geben, nach der er nicht gefragt hatte.

„Die Tarnvorrichtung ist beim Eintritt durchgebrannt. Es dauert fünf Tage, bis sie wieder funktioniert. Ich bin vor zwei Nächten gelandet. Wenn wir versuchen, ohne Tarnung zu verschwinden ...", brach er ab.

Sie beendete das Gespräch für ihn. „Kabumm?"

„Wenn das das Geräusch einer Explosion ist, dann ja." Sie tauschten ein kleines Lächeln aus. Seine Uhr piepte und erinnerte ihn daran, dass er Vorbereitungen für die Nacht treffen musste. „Wenn du einverstanden bist, werde ich dich von diesem Planeten wegbringen."

Lis erstarrte und blickte knapp an seinem linken Ohr vorbei. „Einfach so?", fragte sie.

War es so kompliziert? Auch wenn sie nicht seine Denya war, hoffte er, dass er anständig genug war, um sie von diesem feindlichen Ort zu retten. Da sie zu ihm gehörte, war die Sache nie in Frage gestellt worden. „Einfach so", bestätigte er.

Ihr Mund öffnete und schloss sich und sie klammerte sich an die Kante des Liegestuhls. „Das ist ... was ..."

Ru wollte ihr die Hand reichen und sie trösten. Wenn sie eine einfache Freundlichkeit, die für ihn *selbstverständlich* war, nicht ertragen konnte, wusste er, dass sie etwas wirklich Schreckliches durchgemacht haben musste. Die Menschen, die er kannte, waren nie unfreundlich gewesen, aber es gab immer wieder Gerüchte über eine unerträgliche Härte bei einigen ihres Volkes.

Die Menschen ertrugen alles, egal was geschah. Dabei konnten sie sowohl die gutherzigsten als auch die grausamsten Wesen im ganzen Universum sein. Und wenn sie dem Grausamen ausgesetzt war, fürchtete er sich vor dem, was er von ihr zu verlangen gedachte.

Ru hob eine Hand zum Frieden. „Ich habe nur eine Bitte. Und eine Bedingung", fügte er nach einem Moment hinzu.

Sie zog die Brauen hoch. „Ja?"

„Die Bedingung: solange wir auf Polai sind, verlass das Schiff nicht ohne meine Begleitung. Es ist gefährlich und ich habe keine Möglichkeit, dich aufzuspüren." Das war nicht verhandelbar.

Lis überlegte einen Moment und nickte dann: „Das scheint vernünftig zu sein." Sie brauchte nicht noch einmal auf die Gefahr hingewiesen zu werden. „Und die Bitte?"

Das war der Punkt, an dem er völlig falsch liegen konnte. Sie hatte schon auf die bloße Erwähnung der Verbindung so schlecht reagiert, dass er wusste, dass er sein Glück nicht überstrapazieren sollte. Und doch konnte Ru nicht anders. Sie war eine kluge, bissige, schöne Frau, die perfekt zu ihm passen würde, wenn sie ihnen nur eine Chance geben würde.

Die Tatsache, dass sie sein Leben retten würde, spielte dabei nur eine untergeordnete Rolle.

Aber Ru musste sie fragen. Er konnte sie nicht gehen lassen, und er hatte keine Lust auf Ausflüchte. Also sprach er langsam und mit großer Sorgfalt. „Mein Auftrag ist von einiger Dringlichkeit. Und deshalb möchte ich dich bitten, mich bis zu seinem Ende zu begleiten. Das kann ein wenig mehr als einen Monat dauern. Und in dieser Zeit", er holte tief Luft und sprach ein stilles Gebet, „würde ich dich gerne ... kennenlernen. Und dass du mich kennenlernst. Und dass du vielleicht in Erwägung ziehst ..."

„Fragst du mich, ob ich mit dir schlafe? Denn es hat mich weniger Zeit gekostet, Männer zu ficken, als dich, zu fragen." In ihrem Tonfall schwang Sarkasmus mit, aber es war auch ein Hauch von Neugier zu spüren. Das gab Ru Hoffnung.

Er hätte Eifersucht bei dem Gedanken an ihre früheren Liebhaber erwartet, aber stattdessen überkam ihn ein selbstgefälliges Gefühl der Überlegenheit. Er würde ihr ein Vergnügen bereiten, von dem sie nicht einmal träumen konnten. Wenn ihre alten Liebhaber innerhalb eines Satzes fertig waren, waren sie nie gut genug für sie gewesen.

„Das Vergnügen, so wie es ist, sollte man genießen", sagte er. „Aber obwohl du die schönste Frau bist, die ich je gesehen habe", und dieses Gefühl wurde von Sekunde zu Sekunde wahrer, „ist es nicht das, was ich verlange." Aber er würde von ihr träumen, bis sie ihn in ihr Bett ließ.

„Was willst du dann?" Die Verspieltheit war verschwunden und ließ ihre Stimme neutral klingen. Nicht aus Mangel an Emotionen, aber fast so, als würde sie versuchen, sie zu unterdrücken.

„Nur, dass du mich in Erwägung ziehst. Sowohl als Freund, als auch, dass du zulässt, dass etwas mehr wächst, wenn es das tut." Das würde es, das wusste er. Wie könnte die Bindung etwas anderes bewirken als das? Aber sie musste bereit sein, es und ihn zu akzeptieren.

Lis zog die Beine an, stützte den Kopf auf die Knie und umarmte ihre Knöchel. „Ja", sagte sie mit schwacher, durch ihre Haut gedämpfter Stimme, „ich kann es in Erwägung ziehen."

Ru lächelte. Das war ein Schritt in die richtige Richtung.

7
KAPITEL SIEBEN

A LS OB ER MERKTE, DASS ER L IS EINE M ENGE ZUM Nachdenken gegeben hatte, ließ Ru sie allein im Holoraum zurück, nachdem er ihr eine kurze Anleitung gegeben hatte, wie sie die Einstellungen des Holoplayers ändern konnte. Alles, was sie tun musste, war, den Knopf zu drehen, und schon konnte sie überall im Universum sein.

Sie blieb am Strand.

Sie war sich nicht sicher, wie die Technik funktionierte, aber es fühlte sich wirklich so an, als säße sie auf einem mit Baumwolle gepolsterten Liegestuhl an einem völlig fremden Strand. Sie hatte noch nie natürlich vorkommenden roten Sand gesehen.

Ein Tag mit Ru und er eröffnete ihr Horizonte, die sie nicht für möglich gehalten hatte. Zu Hause auf der Erde gab es nicht viele Möglichkeiten für ein verwaistes Gossenkind aus den Ödlanden. Sie war zäh und hatte großes Glück. Aber sie hatte für alles, den sie je gewollt hatte, kämpfen müssen.

Es gab weder Zeit noch Raum, sich rote Strände oder sexy Aliens vorzustellen, die wie der Teufel küssten.

Schon jetzt fiel der Plan, den sie gefasst hatte, um von Polai wegzukommen, in sich zusammen. Sie hatte erwartet, dass sie Dinge eintauschen müsste, die sie lieber nicht verkaufen wollte. Stattdessen bot er ihr einfach an, sie mitzunehmen, ohne etwas dafür zu verlangen.

Kann eine Person wirklich so aufrichtig sein? So freundlich?

Seit mehr als einem Monat war sie unerklärlichen Grausamkeiten durch Fremde ausgesetzt, aber ihr ganzes Leben schien auf einem gleichgültigen Weg dahin zu führen. Ihre letzten beiden Liebhaber, die einzigen beiden, die jemals länger als ein paar Wochen geblieben waren, hatten sie betrogen. Garth, der genau der Typ zu sein schien, der ein Mädchen vor Kummer bewahren konnte, hatte sogar versucht, ihr einen Job wegzuschnappen.

Niemand, den sie zu Hause kannte, nicht einmal ihr engster Freund, würde ihr anbieten, sie ohne Bezahlung zu retten. Garth und Brody würden wahrscheinlich beide Sex und Vergebung verlangen.

Ihre Chefin, Kim, würde von ihr verlangen, dass sie als Bezahlung Jobs erledigt. Die schlechte Art von Jobs, die sie normalerweise nicht annehmen würde.

Und Lis hätte diese Preise gezahlt, keine Frage. Sie hasste ihre Verflossenen ohnehin schon, also konnte ein bisschen lässiges ... was auch immer ... das nicht noch schlimmer machen. Was Kim betraf, so war sie wenigstens fair. Sie würde nie mehr als das verlangen, was ihr zusteht.

Lis war sich sicher gewesen, dass sie Ru täuschen musste, um davonzukommen. Wovon auch immer er sprach, die Sache mit dem Gefährten hörte sich nach einem Haufen Unsinn an, um ihr an die Wäsche zu gehen. Und wenn das sein Preis gewesen wäre, hätte sie ihn auch gezahlt. Sie hätte ihn dafür gehasst, und sich selbst auch.

Aber sie war eine Überlebenskünstlerin, keine Heilige.

Wäre es wirklich so schlimm, ihm eine Chance zu geben, wie er es verlangt hatte? Sie hatte zugestimmt, ohne wirklich darüber nachzudenken. Im Großen und Ganzen waren ein paar Wochen nichts.

Und es würde gut zwischen ihnen laufen. Die sexuelle Kompatibilität stand außer Frage. Sie hatte während ihres Kusses so ziemlich alles von ihm gespürt, und all diese Teile würden passen. Wenn er ihrer überdrüssig wurde, nachdem er genau erfahren hatte, was sie war und wie sie gelebt hatte, könnte es sogar wehtun. Sie stellte ihre Gewissheit, dass es zu Ende gehen würde, nicht in Frage.

Ru war ein freundlicher, großzügiger Mann. Sicher, er war ein Söldner. Aber er verachtete Sklavenhändler und rettete Jungfrauen.

Das musste das Stockholm-Syndrom sein. Lis war nicht klar, dass es so schnell zuschlagen kann.

Aber nein, ganz so einfach war es nicht. Sie *mochte* Ru. Nicht nur auf die sexuelle Art. Zu Hause hatte sie von klein auf lernen müssen, Menschen schnell einzuschätzen. Gefährlich oder sicher. Betrüger oder Ziel. Missbraucher oder nicht.

Die Leute, mit denen sie zu tun hatte und für die sie arbeitete, würden niemals einen ehrlichen Mann dulden, auch keinen guten. Aber in den sehr, sehr seltenen Fällen, in denen sie auftauchten, konnte sie diesen Eindruck von etwas Reinem, Hellen in sich spüren.

Und es leuchtete hell in Ru. Sie verstand es nicht, und doch war sie so dankbar, dass sie sich bei ihm revanchieren *wollte*, obwohl er nichts von ihr verlangt hatte.

Nun, nichts außer einer Chance.

Als er darum gebeten hatte, hatte er sie angesehen, als würde er sie wirklich sehen. Und Lis fühlte sich dadurch seltsam entblößt und verletzlich. Nicht körperlich, aber so, als ob ihre Seele offen lag und jeder darauf herumtrampeln konnte. Sie wollte nicht, dass er das sah; sie wusste nicht, was er erkennen konnte, wenn sich diese feuerroten Augen auf sie richteten.

Aber er wollte sie immer noch.

Sie war sich nicht einmal sicher, was das bedeutete. Es war kein Sex. Das war klar. Eine Beziehung? Heirat? Verbindung? Er hatte dieses Wort benutzt, aber sie hatte keine Ahnung, was er damit meinte. Wölfe verbanden sich auf Lebenszeit und all diesen Mist, aber Menschen nicht.

Und doch ... je mehr sie darüber nachdachte, desto akzeptabler klang es. Neben Ru zu sitzen und über Logistik zu reden, hatte sich so verdammt richtig angefühlt, dass sie sich davor gefürchtet hatte. Es hatte einfach gepasst, als wäre er ein seltsamer und wichtiger Teil ihres Lebens, von dem sie nicht wusste, dass er fehlte.

Aber sie kannte ihn nicht! Und im Moment war sie sozusagen seine Gefangene. Allerdings war sie sich nicht sicher, ob er sie aufhalten würde, wenn sie wirklich gehen wollte. Er würde vielleicht darauf bestehen, dass sie Polai verließ, wenn sie so verrückt wäre, bleiben zu wollen, aber sie bezweifelte, dass er sie darüber hinaus einsperren würde.

Es war beängstigend, zu erwägen, ihm eine echte

Chance zu geben, sie ... zu gewinnen? War das der richtige Ausdruck? Vielleicht ein Date mit ihr. Aber es war die gute Art von Furcht, wie Fallschirmspringen. Nicht die schlechte Art von Angst, wie der Sprung aus einem brennenden Flugzeug ohne Fallschirm.

Sie kannte beides aus Erfahrung.

Lis brauchte ihre endgültige Entscheidung nicht jetzt zu treffen. Aber sie beschloss, dafür offen zu sein, für ihn. Was immer das auch bedeutete. Und wenn alles, was sie bekam, eine sehr interessante Geschichte war, dann würde sie wenigstens das haben.

Sie stand von ihrem Liegestuhl auf und streckte sich ein wenig. Sie hatte so lange gedankenverloren gesessen, dass ihre Muskeln steif geworden waren.

Der Regler an der Wand war hinter der Holoprojektion kaum zu erkennen, aber Lis griff danach und drehte blindlings daran. Es blitzten mehrere Szenarien auf, von rückwärts laufenden Wasserfällen bis hin zu Planeten, die vollständig aus Diamanten bestanden.

Aber Lis erinnerte sich an den entsetzten Ausdruck, der kurz vor dem Strand über Rus Gesicht gegangen war. Sie drehte das Rad zurück, bis sie wieder in dem dichten Wald war, den er ihr nicht hatte zeigen wollen.

Ru hatte gesagt, sie könne sich jedes der Szenarien ansehen. Sie war sich fast sicher, dass sie in dieser Szene mehr über Ruwen den Detyen erfahren würde als in jeder anderen, die ihr zur Verfügung stand.

———

Der Wald um sie herum war riesig, dicht mit breitstämmigen Bäumen, so weit ihr Auge reichte. Anders als der Strand hätte dieser Wald auf der Erde sein können, aber irgendwie wusste sie, dass sie auf einen Planeten blickte, den sie noch nie gesehen hatte.

Die breiten grünen Blätter raschelten, als ein Windstoß hindurchwehte. Er zerzauste sogar Lis' Haar. Und sie atmete den Duft von Grün und altem Holz ein.

Zwei Detyen liefen vor ihr her. Der eine hatte grünlich-gelbe Haut, ähnlich der von Ru, aber der andere war rot und hatte dunkle Linien und Quadrate um den Hals. Beide trugen dunkle Kleidung und hatten schwere Rucksäcke auf dem Rücken.

Der Gelbe sagte etwas, aber selbst mit ihrem Übersetzer konnte Lis es nicht verstehen. Sie wusste nicht, ob es an der Holoprojektion lag oder an etwas anderem.

Der rote Detyen spottete und antwortete abweisend auf das, was sein Begleiter gesagt hatte.

Dem ersten Detyen gefiel das nicht. Seine Stimme wurde tief und intensiv, die Augen verengten sich, als er jedes Wort aussprach, wobei jedes einzelne für Lis ebenso rätselhaft war wie das letzte.

Ihr Streit wurde unterbrochen, als eine gelbe Detyen-Frau hinter ihnen herlief. Sie begann zu schreien und fuchtelte mit den Armen herum, um ihre Aufmerksamkeit zu erregen. Zuerst schien keiner der Detyen ihr Beachtung zu schenken, aber als sie näher kam, drehten sich beide neugierig zu ihr um.

Die Frau überholte sie schnell und rannte um ihr Leben vor einem unsichtbaren Feind. Sie warf einen kurzen Blick über die Schulter und trieb die anderen Detyens an, aber sie wartete nicht, bis sie sie eingeholt hatten.

Lis spürte die Hitze auf ihrem Gesicht, bevor sie sie sah. Sie kroch an sie heran, und dann wurde sie mit überraschender Schnelligkeit verschlungen, der Wald war eine Hölle aus roten und orangefarbenen Flammen, die alles auf ihrem Weg verschlungen. Sie saugte die ganze Luft ein und verbrannte ihre Lungen, der Geschmack war beißend. Selbst durch den dichten, dunklen Rauch konnte Lis die Frau noch sehen. Sie rannte ihr hinterher, in der Angst, dass die Flammen irgendwie zum Leben erwachen und sie durch den Holoplayer mit sich reißen würden.

Die Frau tauchte in ein wartendes Schiff am Rande des Waldes. Als Lis hinter ihr herlief, beobachtete sie, wie die Frau in der Tür wartete, die Lippen zusammengepresst, während sie das Feuer immer größer werden sah. Lis konnte erkennen, dass sie darauf wartete, zu sehen, ob die beiden Männer es geschafft hatten. Aber eine kostbare Sekunde nach der anderen verstrich, und sie tauchten nicht aus den flackernden Flammen auf.

Die Frau stieß einen gequälten Schrei aus, als das Feuer den letzten Baum erreichte, und auf das Gras übergriff, das weniger als zwanzig Meter vom Schiff entfernt war. Sie drückte mit der Hand auf einen Knopf und die Tür fiel mit einem lauten Knall zu.

In dem Schiff war nicht viel Platz, aber es war nicht real, und es konnte der Frau egal sein, dass Lis sie beobachtete. Mit geübter Schnelligkeit schnallte sich die Detyen in den Pilotensitz und zündete die Raketen, um vom schnell brennenden Boden abzuheben, bevor ihre einzige Fluchtmöglichkeit zerstört werden konnte.

Wenn Lis wirklich dort gewesen wäre, wäre sie auf den Boden gefallen, als das Schiff senkrecht durch die Luft stieg, bis es die Atmosphäre durchbrechen konnte. So aber schwankte sie eine Sekunde lang, blieb aber aufrecht.

Lis trat an die Tür und schaute aus dem Bullauge. Das Land glühte in der Zerstörung der Apokalypse. Der Wald war der völligen Schwärze des Todes erlegen, aber als sie sich immer weiter entfernten, konnte Lis sehen, dass es nicht nur dieser eine Landstrich war.

Der gesamte Planet lag im Sterben. Feuer und Verfall krochen über jeden Zentimeter, den sie sehen konnte.

Und dann, so schnell, wie das Feuer den Wald zerstört hatte, war sie wieder in ihm und stand vor den gelb-roten Detyen-Männern.

Sie sah wieder mit fasziniertem Entsetzen zu und hatte die leere Gewissheit, dass diese Männer von den Flammen verschlungen wurden, von denen sie wusste, dass sie kommen würden, die sie aber noch nicht sehen konnte. Sie betrachtete den roten Mann, auf der Suche nach einem Zeichen, dass er seinen bevorstehenden Untergang spüren konnte. Doch als er mit seinem gelben Begleiter zu streiten begann, bemerkten sie beide die Gefahr nicht.

Hinter ihr war ein Geräusch zu hören, das sie jedoch ignorierte, bis sie sah, dass die Frau wieder auf sie zu lief.

Das Video wurde unterbrochen, und Ru stand neben dem Regler des Holoplayers.

Tränen brannten in Lis' Augen, als sie ihn ansah. Er hatte wenig Ähnlichkeit mit dem gelben Mann und der gelben Frau aus dem Video, er war größer und schlanker. Aber sie waren zweifellos sein Volk gewesen. Und er sah verletzt aus, nachdem er nur ein paar Sekunden der Show gesehen hatte. Lis wusste, dass Ru das Filmmaterial immer wieder studiert haben musste, um so viel wie möglich von seiner Heimatwelt mitzunehmen, in die er niemals zurückkehren konnte.

„Warum konnte ich nicht verstehen, was sie sagten?", fragte sie. Der Übersetzer, den er ihr gegeben hatte, hätte viele Sprachen beherrschen müssen.

Ru senkte langsam seine Hände und ballte die Finger der einen zu einer Faust. Seine andere Hand umschloss die Faust und massierte sie mit geübter Zurückhaltung.

„Sie sprechen Detyen", sagte er. „Es gibt nur noch etwa 20.000 von uns, die es einigermaßen fließend sprechen. Und wir sprechen sowieso alle IC." Im Gegensatz zu ihren waren seine Augen trocken, aber das bedeutete nicht, dass er nicht trauerte.

„Was ist passiert?" Es sah so aus, als wäre der Planet in wenigen Minuten zerstört worden. Nicht einmal hundert Atombomben könnten so etwas anrichten.

Ru zuckte mit den Schultern. „Krieg. Zerstörung. Das war lange bevor ich geboren wurde."

Das mochte stimmen, aber sie wusste, dass der Anblick eines Teils des Videos alles wieder in Erinnerung gebracht haben musste. Lis durchquerte den Raum und zog ihn an sich. Der Schmerz über den Verlust musste ihm immer wieder durch den Kopf gehen. Wie sollte er auch nicht? Er war ein Mann ohne einen Planeten und es gab nur noch Wenige seiner Art.

Ru stand wie erstarrt in ihrer Umarmung, als hätte er Angst, sich zu bewegen. Aber Lis ließ ihn nicht los. „Es tut mir leid", flüsterte sie an seinem Hals.

Ru atmete tief durch, und seine Arme legten sich um sie, bis sie sich an ihn schmiegte. Er roch eindringlich vertraut und genau richtig: eine Mischung aus etwas Holzigem und Würzigem mit einem Hauch von Motorenöl. Es war der Geruch seiner Arbeit, gemischt mit dem Grundgeruch von *ihm.* Lis wollte sich einfach darin wälzen, bis sie mit ihm bedeckt war.

Ihre Hände glitten seinen Rücken hinauf und hinunter, sie spürte das köstliche Ziehen seiner straffen Muskeln unter ihren Fingern. Sie spürte, wie sich kleine Grate von seiner Wirbelsäule lösten und die Haut sich zu harten Linien verdichtete, über die sie mit ihren Fingern fahren konnte.

Aber das war nicht die einzige Steifheit, die sie spürte. Sein Schwanz war genau da zwischen ihnen und wurde härter, als sie ihn berührte.

Lis fuhr mit ihren Fingern über eine der hervorstehenden Linien auf seinem Rücken und hörte, wie Ru scharf einatmete und Erregung in der Luft lag. Sie tat es noch einmal, und dieses Mal strömte die Luft in einem Zischen aus ihm heraus.

Das war also die Macht, die sie über ihn ausüben konnte, wenn sie es wollte.

Seine Lippen kamen herunter und streiften den Puls ihres Halses, was Lis dazu veranlasste, ihr eigenes kleines Keuchen auszustoßen. Sie wölbte sich ihm entgegen, ihre Brust hob sich. Hier ging es nicht mehr um Trost. Ru litt vielleicht unter einer generationsübergreifenden Traurigkeit, aber sie wusste, dass sich seine ganze Aufmerksamkeit jetzt auf sie richtete.

Seine Zähne kratzten an ihr, nicht wirklich ein

Biss, nur ein Hauch von Bedrohung. Die Finger einer ihrer Hände krümmten sich und gruben sich in sein Fleisch. Seine Zähne fühlten sich schärfer an als die eines Menschen, nicht ganz wie Reißzähne, aber gefährlich.

Es war das erotischste Gefühl, an das sich Lis je erinnern konnte.

Sie wollte sich hinlegen und ihn in ihre enge Scheide gleiten lassen und ihn ficken, bis sie beide benommen und erschöpft waren. Sie wollte seinen Schwanz in ihren Mund nehmen und den männlichsten Teil von ihm schmecken. Sie stand in Flammen, ihre Muschi war feucht und ihre Lippen geschwollen vor Verlangen, sie wollte unbedingt gefüllt werden.

Gott, sie brauchte ihn mehr, als die Luft zum Atmen.

Lis trat auf die Bremse, der Gedanke ging einen Schritt zu weit. Das Atmen war zu wichtig, um es zu ignorieren. Und ja, es war vielleicht übertrieben, aber das hieß nicht, dass sie nicht einen Schritt zurückgehen konnte.

Sie starrte ihn an.

Ru spürte die Veränderung in ihr und zog sich zurück. Er wich einen halben Schritt zurück, aber er hielt sie in einer lockeren Umarmung, seine Arme umschlangen lässig ihre eigenen. Lis hatte nichts dagegen. Es fühlte sich zu gut an, von ihm gehalten zu werden, um zu versuchen, es zu verhindern.

„Ich habe eine Mahlzeit zubereitet", sagte er, während ein Daumen lässig auf ihrem Bizeps kreiste. „Du bist schon eine ganze Weile hier drin."

Lis merkte, dass sie hungrig war. Nach Tagen des Hungerns war es schwer zu glauben, dass sie ihren Magen füllen konnte, wenn er einfach nur leer war und noch nicht versuchte, sich von innen heraus selbst zu verdauen. „Ich könnte jetzt wirklich etwas zu essen gebrauchen."

Sie folgte ihm auf wackligen Beinen aus dem Holoraum. Etwas Unbestreitbares hatte sich zwischen ihnen verschoben. Und Lis hatte Angst, dass sie, wenn sie ihn wirklich an sich heranließ, nicht mehr loslassen konnte.

Schlimmer noch, sie konnte sich nicht überwinden, wegzulaufen. Nicht mehr. Sie wollte Ru zu sehr.

8

KAPITEL ACHT

Während Ru seine Pläne für den Abschluss seiner Mission ausarbeitete, konnte er sich ein Lächeln nicht verkneifen. Die Hoffnung war noch nicht verloren. Beinahe hätte er gepfiffen, aber er wusste, dass seine Denya das seltsam finden würde.

Nach ihrem kurzen Zwischenspiel im Holoraum in der Nacht zuvor war Ru besorgt gewesen, dass Lis sich zurückziehen würde. Sie wirkte unsicher, verloren. Obwohl er davon ausging, dass sich jeder unwohl fühlen würde, nachdem er das Video von der Zerstörung von Detya gesehen hatte. Wenn sie irgendein Video hatte sehen müssen, war er froh, dass es dieses war. Die anderen etwa ein Dutzend, die das Gemetzel überlebt hatten, waren blutgetränkt und verursachten noch mehr Alpträume.

Aber heute lief sie weder weg noch zog sie sich

zurück. Tatsächlich saß sie nicht weit von ihm entfernt, ganz in ein Spiel vertieft, das auf einem der Unterhaltungstabletts lief, die er in einem Haufen billiger Spielzeuge auf einer Handelsstation gefunden hatte.

Hin und wieder sah er aus dem Augenwinkel, wie sie zu ihm aufsah. Aber er wartete immer, bis sie sich abwandte, um sie wieder anzuschauen. Seine Augen waren so durstig, sie in sich aufzusaugen, dass es ihn fast schmerzte, sich auf den Plan vor ihm zu konzentrieren.

Er hörte, wie sie aufstand und das Tablet zur Seite legte. „Was ist das?", fragte sie, während sie auf ihn zuging und mit der Hand über das grüne Papier vor ihm strich.

Ru sah auf und lächelte. „Es soll die Inneneinrichtung der Basis sein, die wir beide vor zwei Nächten infiltriert haben. Ich muss zurückgehen und die Daten abrufen, die ich damals beschaffen sollte."

Lis runzelte die Stirn und studierte den Plan vor ihr. Ru drehte ihn zur die Seite, damit sie ihn besser sehen konnte.

„Irgendetwas stimmt hier nicht", sagte sie und fuhr mit dem Finger über eine weiße Linie, die eine Innenwand anzeigte. „Es sah nicht so aus."

Sie hatten nicht darüber gesprochen, was nach

ihrem ersten Gespräch passiert war, aber es gab keine Unbehaglichkeit, als Lis die Einrichtung beschrieb. Und sie lehnte sich so nah zu ihm, dass er die Wärme ihrer Haut spüren konnte.

Ru lehnte sich vor. Sie deutete auf den Raum gegenüber der Computerstation, in den er einbrechen musste. Er hatte noch keine Gelegenheit gehabt, so tief in die Anlage einzudringen.

„Wie das?", fragte er.

Lis zuckte mit den Schultern. „Ich glaube, hier gab es eine Tür. Sieht wirklich solide aus. Laut dem Plan ist es eine Wand. Keine Eingänge." Sie zog ihren Stuhl heran, um sich dicht neben ihn zu setzen, und zog die Pläne wieder zu sich.

Ru atmete tief ein. Sie roch nach seiner Seife und etwas Leichtem und Luftigem. Aber er ließ sich von ihrem verführerischen Duft nicht ablenken. Wenn es in dieser Wand eine Tür gab, konnte er seine Zeit in diesem Gebäude halbieren. „War das Schloss elektronisch? Physisch?"

Lis atmete tief ein und dann langsam wieder aus, während sie nachdachte. Es kostete Ru mehr Kraft, als ihm bewusst war, sich zu wehren, den Kopf zu drehen und sie zu küssen.

„Ich glaube, es war beides", sagte sie nach einem langen Moment.

Damit konnte er umgehen. Wenn der Strom

abgeschaltet war, war es ein Kinderspiel, ein elektronisches Magnetschloss zu knacken. Und jeder Freiberufler, der sein Geld wert war, war in der Lage, ein normales Türschloss zu knacken. Er streckte die Hand aus und legte seine Hand auf ihre, wo sie auf der Karte ruhte. Da nur wenige Zentimeter zwischen ihnen lagen, war er nicht stark genug, um sich gegen seinen Wunsch nach Berührung zu wehren.

„Danke", sagte er. „Ich sollte jetzt in der Lage sein, noch schneller zu dir zurückzukehren."

„Zurückzukehren?" Sie sah ihn an. „Du lässt mich zurück?" Ihre Worte waren eisig, und Ru wusste, dass er vorsichtig sein musste.

„Wenn ich den Auftrag nicht beende, werde ich nicht bezahlt", erklärte er. „Und, was noch wichtiger ist, wenn die Leute, die mich angeheuert haben, herausfinden, dass ich die Arbeit nicht beendet habe, werde ich nie wieder arbeiten. Aus verschiedenen Gründen." Er bezweifelte, dass der Arbeitsvermittler ihn umbringen würde, aber das Ergebnis war nie sicher. Ru hatte bisher nur einen einzigen Auftrag nicht erfüllt, und das war nicht seine Schuld gewesen.

„Ich könnte helfen", bot Lis an.

Ru wollte Nein sagen. Aber er verkniff sich das, bevor es über seine Lippen kommen konnte. Lis war keine hilflose Jungfrau. Sie war in der Lage gewesen, ihn abzuwehren, obwohl sie ausgehungert und halb verrückt vor Erschöpfung war. Sie hatte eindeutig ein hartes Leben geführt; das zeigten ihre Narben und die Tattoos, die er auf ihren Armen und ihrem Rücken entdeckt hatte.

Wenn er Glück hatte, und er war bisher ein verdammter Glückspilz auf dieser Mission, dann würde er die Hilfe nicht brauchen, und sie wäre nicht in Gefahr. Wenn er in Schwierigkeiten geriet, war sie vielleicht alles, was zwischen Überleben und Scheitern stand.

Aber wenn sie verletzt würde oder wenn das Undenkbare geschähe ...

Ru wollte sie *wirklich* auf dem Schiff zurücklassen. Aber in ihren Augen glitzerte es, und er fürchtete, dass sie ihm sofort folgen würde, wenn er Nein sagte.

„Kannst du schießen?", fragte er schließlich.

Lis lachte und wedelte mit ihrer Hand: „Alles, was eine Kugel oder einen Laser abfeuert und für fünf Finger gemacht ist."

„Im Laderaum ist ein Ersatzblaster. Ich werde dir ein paar richtige Klamotten besorgen." Sie konnte sich nicht in dem Pyjama, den er ihr geliehen hatte, in Gefahr begeben. Er bewegte ihre Hand so, dass er sie festhalten konnte, und sah ihr in die

Augen. „Aber versprich mir bitte, dass du vorsichtig sein wirst."

Lis musterte ihn, dann beugte sie sich vor und drückte ihm einen sanften Kuss auf die Wange. „Das Gleiche könnte ich zu dir sagen." Sie stand auf und ging, um den Blaster zu holen, bevor er antworten konnte.

Ru holte tief Luft, bevor er aufstand. Er betete zu allen Göttern, die ihm einfielen, dass er es nicht bereuen würde, sie mitgenommen zu haben. Aber sie konnte niemals seine Gefährtin sein, wenn sie nicht auch seine Partnerin war.

Er fand ein Kleidungsstück, das sie tragen konnte, versteckt im hinteren Teil des kleinen Schranks in seinem Zimmer. Es hatte seiner Cousine gehört und er hatte sich nach ihrer Abschiedsfeier vor zwei Jahren nicht davon trennen können. Aber er dachte, dass Karwan Lis gemocht hätte.

Er legte die Kleidung vor Lis Zimmer ab und ging zurück, um den Plan zu studieren. Ein paar Minuten später kam sie zu ihm, schwarz gekleidet und mit dem kleinen grauen Blaster im Hüftholster an ihrer Seite.

Rus Mund wurde trocken.

Der schwarze Stoff war dehnbar und erlaubte es seiner Trägerin, sich nach Belieben zu bewegen. Aber dieser Stretch schmiegte sich auch an ihre

Kurven und betonte jeden schönen Zentimeter von ihr. Sie legte eine Hand auf ihre Hüfte und schenkte ihm ein schiefes Lächeln. „Gut genug?" Ihre Finger berührten den Lauf des Blasters, aber Ru spürte die Berührung in seiner Leistengegend.

„Ja." Er stieß das Wort mit einem raschen Atemzug aus.

Ihr Atem stockte und sie ließ ihre Hand über ihre Hüfte gleiten. Für einen Moment blitzte ein Schatten von etwas Realem und Kompliziertem auf ihrem Gesicht auf, bevor Lis ihren Ausdruck glättete und wieder lächelte.

Ru wollte vor Frustration aufheulen. Dann wollte er sie mit dem Rücken gegen die Wand drücken und ihr all die Freuden zeigen, die er gelernt hatte, nur um sie zu befriedigen. Er würde alle Gedanken an Lügen oder das Verstecken ihrer Gefühle aus ihrem Kopf verbannen, bis sie ihm gehörte und wollte, dass jeder das wusste.

Er verdrängte diese Gedanken für den Moment. Wenn er seine Zeit damit verbrachte, darüber nachzudenken, was er mit Lis tun würde, wenn sie sich ihm hingeben würde, würde er niemals in der Lage sein, diese Mission zu beenden. Und wenn er diese Mission nicht beendete, würde er nie in der Lage sein, ihr sein Leben zu widmen.

Sie gingen zu Fuß zurück zur Anlage. Er war nur

ein paar Meilen entfernt gelandet, aber unter anderen Umständen hätte er es vorgezogen, ein Speeder-Bike zu nehmen. Leider gab es auf seinem Schiff keinen Platz für ein Fahrrad, und einem Einheimischen eines zu stehlen, würde unerwünschte Aufmerksamkeit erregen.

Ru hielt seine Sinne geschärft und lauschte auf alles, was sich ungewöhnlich anhörte. Er ertappte Lis dabei, wie sie dasselbe tat. Der Wald um sie herum gab keine Hinweise darauf, dass zwei Außerirdische mit bösen Absichten durch ihn schlichen. Er hörte nichts, was darauf hindeutete, dass die Polai ihre Sicherheitsvorkehrungen verschärft hatten oder dass er und Lis schon einmal in die Einrichtung eingedrungen waren.

Sie kletterten über herabgefallene Äste und gingen im Gänsemarsch, als der Pfad so schmal wurde, dass nur noch einer von ihnen durchkam. Nach mehr als einer halben Meile fast völliger Stille hob Lis eine Hand.

Ru blieb stehen und lauschte. Er holte tief Luft und atmete die verschiedenen Gerüche ein, die um sie herumschwirrten. Er nahm einen Hauch von Rauch wahr und hörte das leise Rumpeln von Motoren.

Sie waren nicht mehr allein.

Ru trat dicht an Lis heran, hielt seine Lippen nur

wenige Zentimeter über ihr Ohr und legte von hinten einen lockeren Arm um ihre Taille. Sie wurde unter seiner Berührung weich und lehnte sich zurück, bis seine Lippen nur noch ihr Ohr berührten. „Warte hier, während ich die Gegend auskundschafte.“

Er verschwand, bevor sie versuchen konnte zu widersprechen, und vertraute darauf, dass sie außer Sicht bleiben würde. Er schlich durch die Bäume, hielt sich tief und schmiegte sich an die Stämme, in der Hoffnung, im Schatten zu verschwinden. Es war noch nicht lange nach Sonnenuntergang, und die letzten Lichtstrahlen schimmerten noch über den Horizont. Wären die Nächte auf diesem Planeten nicht so kurz, hätte er gewartet, bis es wirklich dunkel war, um sich dem Gebäude zu nähern.

Das Licht machte ihn misstrauisch und er bewegte sich vorsichtiger, als er es nachts vielleicht getan hätte. Ru brauchte mehrere Minuten, um den Waldrand zu erreichen, und was er sah, überraschte ihn nach dem, was er gehört hatte, nicht.

Ein Lastwagen stand vor der Ladezone des Gebäudes, ein bewaffneter Wachmann lehnte an der Hintertür des Fahrzeugs. Es würde noch mehr Wachen geben, aber wenn dies der einzige Lastwagen war, würden es nicht viele sein. Ru wartete ein paar Augenblicke und sah, dass jemand auf dem Fahrersitz saß.

Der Lastwagen war groß und konnte mindestens ein Dutzend Soldaten und Wachen aufnehmen. Kein einheimisches Kontingent würde mit weniger als vier Personen ausrücken. Und vier schien die magische Zahl zu sein. Zwei weitere Wachen öffneten die Tore der Andockstation von innen und warteten darauf, dass der Lastwagen zurücksetzte. Als das geschehen war, begannen die beiden, die beim Lastwagen gestanden hatten, mehrere Kisten auszuladen, die im hinteren Teil des Fahrzeugs gestapelt waren.

Es könnten mehr Leute im Gebäude sein, aber Ru bezweifelte das. Es war nicht die richtige Zeit im Jahr. Er ging zurück zu der Stelle, an der er Lis zurückgelassen hatte, aber als er dort ankam, war sie nicht da. Er ging umher und suchte nach ihr, ob sie sich hinter einem Baum oder einem Felsen versteckte. Sie war nirgends zu finden.

Das war, bis sie direkt vor ihm vom Himmel fiel und in einer fast lautlosen Hocke landete. Mit einer geschmeidigen, katzenartigen Bewegung stand sie auf und pirschte sich an ihn heran, bis sie nur noch ein Hauch von Luft trennte. Der Duft der Bäume hatte sich mit ihrem zu einem verführerischen Parfüm vermischt.

„Haben wir Gesellschaft?", fragte sie.

„Vier Wachen und ein Lastwagen", bestätigte er. Er wollte die Mission abblasen. Sie waren mindestens zwei zu eins in der Überzahl. Und wäre er mit einem anderen Partner unterwegs gewesen, einem, dessen Sicherheit zweitrangig war, hätte er weitergemacht. Sie hatten den Vorteil der Überraschung, und der Lastwagen war nicht dafür ausgelegt, in den Wald fliehende Kämpfer zu verfolgen.

Aber Lis lächelte, ihre Finger strichen lässig über den Lauf ihres Blasters. „Mal sehen, was du draufhast."

9
KAPITEL NEUN

Das war es, wofür sie lebte. Adrenalin strömte durch ihre Adern und alle ihre Sinne waren in höchster Alarmbereitschaft. Sie schlug zwar keine Köpfe ein oder jagte Kautionsflüchtlinge, aber das hier war genauso gut. Vielleicht sogar besser. Die Wälder von Polai rochen so viel besser als die Hinterhöfe in den Ödlanden.

Durch das Auftauchen der Wachen änderten sich ihre Pläne. Ru musste in das Gebäude gelangen und etwas holen. Das machte sie zu seiner Unterstützung. Das machte es zu ihrer Aufgabe, dafür zu sorgen, dass er hineinkam und bekam, was er brauchte.

Auf der letzten halben Meile durch den Wald gingen sie es langsam an. Als sie das Gebäude erreichten, stand nur noch eine der Wachen bei dem

Lastwagen. Ru nahm seinen Blaster aus dem Holster, zeigte von sich weg und wies sie leise an, einen Bogen zu schlagen.

Sie bewegte sich vorsichtig und achtete darauf, außer Sichtweite zu bleiben. Eine Minute später zischte ein Blasterschuss durch die Luft, als Ru den einzelnen Wachmann ausschaltete. Er tötete ihn nicht, aber nachdem sie von der Sklaverei auf diesem Planeten erfahren hatte, konnte sie nicht sagen, dass es ihr etwas ausgemacht hätte, wenn er es getan hätte.

Der Boden vor der Laderampe war mit Kies bedeckt, der unter Lis' Füßen knirschte. In Lis' empfindlichen Ohren klang es so laut wie ein Gewehrschuss. Als sie Ru erreichte, hatte er den bewusstlosen Polai gerade zu einem schattigen Platz an der Seite des Gebäudes geschleppt.

Sie folgte ihm bis zur Tür und wartete mit gezücktem Blaster und angestrengten Augen, während Ru das Schloss knackte. Es kam ihr wie eine Ewigkeit vor, und Lis fühlte sich völlig ungeschützt, obwohl es fast völlig dunkel war und es keine Beleuchtung im und um das Gebäude herum gab.

Nach ein paar weiteren angespannten Sekunden gab das Schloss nach und sie waren drin.

Hätte Ru ihr nicht von den Wachen erzählt,

hätte sie nicht bemerkt, dass sie da waren. Keines der Lichter im Gebäude war eingeschaltet worden, und um sie herum herrschte vollkommene Stille. Aber Lis hielt ihre Waffe in der Hand und beide standen an der Wand und hielten Ausschau nach Sicherheitsmaßnahmen.

Als sie ein paar Gänge von der Laderampe entfernt waren, begann Lis aufzuatmen. Sie hoffte, dass die Wachen Gegenstände aus dem Lager holten und sich nicht darum kümmerten, was in der Mitte des Gebäudes vor sich ging.

Als sie die Cafeteria passierten, erschauerte Lis und warf einen Seitenblick auf Ru. Er sah sie an und ihre Augen trafen sich. Seine Nasenflügel blähten sich auf und ihr Mund wurde weich und verzog sich zu einem Lächeln.

Oh, verdammt.

Wären sie nicht von drei außerirdischen Wachen bedroht worden, hätte sie sich auf der Stelle auf ihn gestürzt und beendet, was sie vor zwei Nächten begonnen hatten.

Ein Grinsen umspielte Rus Lippen, aber er riss seinen Blick von ihr los und erblickte die Tür, von der sie ihm erzählt hatte. Genau wie sie es in Erinnerung hatte, gab es sowohl ein physisches als auch ein digitales Schloss. Ru holte ein kleines Gerät heraus und kniete sich vor die Tür, um sie beide zu knacken.

Lis ging zurück zur Tür zum Speisesaal und hielt Ausschau. Doch sie hörte und sah die Wachen nicht, die irgendwo lauerten.

Ru schaffte es durch die Tür, aber sie wartete draußen. Es gab noch einen weiteren Eingang zu dem Raum, zu dem er Zugang brauchte, aber der war so gut gesichert, dass er jeden kommen hören würde, lange bevor er in Gefahr war.

Es war zu dunkel, um gut sehen zu können. Sie fragte sich, ob Ru oder die Polai über eine gesteigerte Nachtsicht verfügten und hoffte, dass dies nicht der Fall war. Zumindest hoffte sie, dass die Polai das nicht hatten. Sie wollte, dass Ru jeden Vorteil hatte, den er brauchte.

Lis war so verwirrt. Wenn sie nicht eine Waffe in der Hand gehabt und darauf gewartet hätte, dass feindliche Aliens ihr über den Weg liefen, wäre sie völlig durcheinander gewesen. Sie musste ihre Gefühle unter Kontrolle bringen und einen klaren Kopf bekommen. Sie konnte sich nicht auf Ru verlassen, nur weil er nett zu ihr gewesen war. Sie durfte nicht vergessen, dass er sie auch mit einem Blaster angeschossen und sie entführt hatte.

Allerdings, so überlegte sie, bewaffneten nicht

viele Entführer ihre Gefangenen weniger als zwei Tage später.

Er brauchte zu lange. Sie spürte, wie die Sekunden verstrichen und die Leute einlud, die sie nicht dort haben wollten. Die Anlage mochte groß sein, aber das bedeutete nicht, dass sie unmöglich zu finden waren. Die Polai brauchten nur das Sicherheitssystem einzuschalten, und sie und Ru wären am Ende.

Lis hörte etwas auf dem Flur und erstarrte, wagte nicht einmal zu atmen. Sie spitzte die Ohren und versuchte herauszufinden, ob nur etwas umgefallen war oder ob es eine der drei verbliebenen Wachen war.

Eine Sekunde verging, dann noch eine, und sie hörte nichts. Eine ganze Minute verging, bis sie bereit war zu glauben, dass niemand den Flur in ihre Richtung kam.

Schließlich beendete Ru, was immer er auch tat, und schloss leise die Tür zum Sicherheitsraum hinter sich, wobei er darauf achtete, sie wieder zu verschließen. Er hielt etwas in der Hand, das ein wenig wie ein Computerstick aussah und grinste, bevor er es in eine Hosentasche steckte.

Lis atmete aus, und die Spannung löste sich von ihren Schultern, jetzt, da sie ihn wieder sah. Schweigend nahmen sie den Weg, den sie gekommen waren, blieben dicht an den Wänden und bewegten sich langsam genug, um kein Geräusch zu machen.

Und dann brach die Hölle los.

Ru führte sie um die letzte Ecke Richtung eines Ausgangs auf der anderen Seite des Gebäudes, wo sich die Laderampe befand. Sobald sie um die Ecke bogen, standen sie den drei Polai-Wächtern gegenüber, die seit ihrem Eindringen nicht zu hören gewesen waren.

Selbst in ihrem Schock bewegte sich Lis, hob ihren Blaster und feuerte auf den ersten Polai, bevor sie registrierte, was sie sah. Er war eine Bedrohung; er musste ausgeschaltet werden. Und er ging zu Boden und damit waren es nur noch zwei Wachen.

Sie waren dunkelgrau gekleidet und waren einen Kopf kleiner als Lis. Einer trug einen schwarzen Hut und der andere eine rote Brille. Aber ihre kurzen, geschmeidigen Körper gaben ihnen Schnelligkeit, und bevor sie oder Ru einen weiteren Schuss abfeuern konnten, waren die Polai ausgewichen und hatten sich hinter einen Stapel Kisten geduckt, der an eine Wand geschoben war.

Ru zog sie um die Ecke zurück, zog sie am ganzen Körper und trug sie praktisch. Laserbeschuss sauste an ihren Ohren vorbei und versengte ihr Haar, aber sie entkamen aus der Schusslinie und blieben beide unverletzt.

„Guter Schuss", sagte Ru und strich ihr mit der Hand über die Schulter und über den Arm.

Lis bemerkte, dass er sie nach Verletzungen abtastete. „Mir geht es gut", beruhigte sie ihn. „Gute Reflexe."

Die Art und Weise, wie er sie ansah, als könnte er es nicht ertragen, dass ihr auch nur der kleinste Schmerz zugefügt wurde, verursachte seltsame Dinge in ihrem Herzen. Es krampfte sich zusammen und entfaltete sich dann wieder, ein seltsames Gefühl blühte darin auf. Lis beugte sich näher zu ihm und küsste ihn. Wenn sie nicht auf einer Welle der Kampfeuphorie geritten wäre, hätte sie sich vielleicht dagegen gewehrt. Aber Ru war genau da, und er sah so gut aus und schmeckte so süß, dass sie nicht einmal versuchte, sich zurückzuhalten.

Eines der gegnerischen Geschosse traf die Kante der Wand und riss ein Stück Beton in der Nähe ihres Kopfes heraus. Sowohl sie als auch Ru duckten sich und hielten ihre Waffen bereit.

Blaster waren ein Segen und ein Fluch. Im Gegensatz zu herkömmlichen Waffen war die Munition praktisch unbegrenzt. Es würde Stunden dauern, bis die Energiezelle leer oder überhitzt wäre, und es dauerte nicht lange, sie wieder aufzuladen. Aber diese unbegrenzte Feuerkraft bedeutete auch eine begrenzte Wirkung. Blasterschüsse konnten jemanden verletzen und außer Gefecht setzen, aber sie waren selten tödlich. Nur ein sehr glücklicher Schuss würde ein Blasteropfer töten.

Lis streckte ihren Arm um die Ecke und schoss blindlings, um die Polai davon abzuhalten, näherzukommen.

„Können wir einen anderen Weg nehmen?", fragte sie.

Ru feuerte ebenfalls. „Wir werden zu ungeschützt sein. Und bis wir es durch das Gebäude geschafft haben, können sie das Sicherheitssystem hochfahren und Verstärkung anfordern."

Verdammt noch mal.

Das, was sie zu tun hatten, war nicht kompliziert. Es ging um zwei gegen zwei, wobei jede Seite in Deckung ging. Wenn die Polai nicht über eine erhebliche Feuerkraft verfügten, die sie zurückhielten, würde das mutigere Team den Sieg davontragen.

Lis sah sich um und versuchte, etwas zu finden, das den Vorteil zu ihren Gunsten wenden könnte. Aber die Anlage war für die Saison geschlossen worden, und es lag wenig Gerümpel herum, das sich für spontane Blaster-Kämpfe eignete.

Ru berührte sie sanft an der Schulter und zeigte nach oben. Lis folgte seiner Richtung und entdeckte das kleine Gerät an der Decke. Das Feuerlöschsystem. Ja, das könnte reichen.

Ru hielt drei Finger hoch. „Lauf, als würde sich der Abgrund unter dir auftun. Wir haben nicht viel Zeit."

Sie nickte und krümmte ihre Finger um ihre Waffe. Das würde funktionieren. Das musste es.

Er hob seinen Blaster und feuerte einen Schuss ab, der den Feuerlöscher genau traf. Einen Moment lang passierte nichts, und dann begann sich der Raum mit einer Flüssigkeit zu füllen, die dicker als Wasser und eiskalt war.

Lis und Ru rannten los und liefen auf die Polai zu, bevor diese merkten, was los war. Lis feuerte in ihre Richtung, in der Hoffnung auf einen Treffer, aber vor allem, um sie davon abzuhalten, aus ihrer Deckung zu kommen.

Die Tür war fünf Meter entfernt und stand weit offen. Sie rutschte in der von der Decke herabfließenden Flüssigkeit aus und wäre fast gestürzt, konnte sich aber im letzten Moment wieder fangen. Überall um sie herum fielen Schüsse, die meisten gingen daneben, aber ein oder zwei trafen sie fast.

Sie glaubte, Ru aufschreien zu hören, aber sein Gesicht war genauso entschlossen wie ihr eigenes. Sie stürzten aus der Tür und rannten weiter in den Wald, ohne sich die Mühe zu machen, die Polai zu erledigen. Das war ein zu großes Risiko. Der Weg zur Anlage war ihnen wie eine Ewigkeit vorgekommen. Jetzt, im Stockdunkeln, nass von Kopf bis Fuß und gejagt von wütenden Außerirdischen, verstrichen die Sekunden wie im Flug. Schließlich hörten die Blasterangriffe auf, da sie zu weit weg waren, als dass die Polai sie hätten finden können.

Als sie auf die Lichtung stolperte, auf der Ru sein Schiff geparkt hatte, hätte sie den Boden küssen können. Es dauerte einen Moment, bis sie die Form des Schiffes erkennen konnte. Dank der passiven Tarntechnologie war es mit bloßem Auge kaum zu erkennen.

Aber das helle Mondlicht schien herab und Lis konnte es auf einem Metallstück in der Nähe eines der Motoren glitzern sehen. Sobald sie diesen Rand erfasst hatte, schien der Rest des Schiffes zu erscheinen.

Sie drehte sich um und sah Ru direkt hinter ihr stolpern. Sie hatten es beide geschafft. Ihr Atem ging rasselnd, als der Tribut des Sprints sie traf. Das Atmen tat weh und sie fühlte sich, als müsste sie sich gleich übergeben.

Das könnte sie drinnen tun.

Aber zuerst steckte Lis ihren Blaster ein, ging auf Ru zu und schlang ihre Arme um ihn. Sie war so verdammt froh, dass es ihm gut ging, dass sie nicht wusste, was sie tun sollte. Aber sie *musste* ihn berühren, musste sich vergewissern, dass er bei ihr war und dass er sie auch wollte.

Er hob seine Arme, um sie zu umarmen, aber sie spürte, wie er zusammenzuckte und den Atem einsaugte.

Lis zog sich zurück und eine ihrer Hände wurde von einer dunkelgrünen Substanz benetzt.

Sein Blut.

Rus Gesicht verlor seine Farbe und seine Augen rollten in seinem Kopf zurück und wurden in einer Sekunde von düsterem Rot zu pechschwarz. Wie eine Marionette, deren Fäden durchgeschnitten worden waren, kippte er nach vorne auf Lis und sie konnte gerade noch verhindern, dass sie fiel.

„Ru?", fragte sie und hoffte, dass es nicht schlimm war. Sie ließ ihn vorsichtig herunter und legte ihn auf den Rücken. Dann sah sie die schreckliche Wunde in seinem Bauch, wo sein Hemd aufgerissen war und einen hässlichen Schnitt offenbarte, der mehrere Zentimeter breit und fast so dick wie ihr Arm war.

Blut strömte aus ihm heraus, und Lis hielt ihre Hände über die Wunde und versuchte, die Blutung zu stoppen. Es war nicht genug. Sie wich zurück in Richtung Wald, in der Angst, dass die Polai sie eingeholt und herausgefunden hatten, wo sie waren. Ru brauchte medizinische Hilfe und sie mussten von diesem Planeten verschwinden.

Sie wusste nicht, was sie tun sollte. Sie war keine Ärztin und ihre Hausapotheke bestand nur aus Verbandsgel, Handtüchern und einer Rolle Klebeband.

Wenn sie ihn nicht in Ordnung bringen würde, könnte er sterben. Panik machte sich in ihr breit. Er *durfte nicht* sterben. Noch nicht, nicht jetzt, nicht jetzt, wo sie gerade erst anfing, ihn kennenzulernen und ihn definitiv zu mögen.

„Du darfst nicht sterben", sagte sie laut, mehr ein Gebet als ein Befehl. Sie drückte fester auf seine Wunde. „Bitte, *wach* einfach *auf*!"

10

KAPITEL ZEHN

Da war Blut. Und Schmerz.

Aber es gab auch die süßeste Berührung, an die er sich je erinnern konnte.

Ru kam langsam wieder zu sich und spürte zuerst die nervösen Finger, die seinen Arm auf und ab rieben und ihn alle paar Augenblicke packten. Dann machte sich das weniger angenehme Gefühl von gequetschten und zerfetzten Muskeln bemerkbar. Er spürte, wie die Verletzung in seinem Unterleib zerrte, und die Heilsalbe, die Lis gefunden hatte, tat ihre Wirkung, aber sie verbrannte ihn, während sie wirkte. Die guten, schnell wirkenden Regenerationscremes hatte er sich nie leisten können.

Er riss die Augen auf und fand sich auf seinem Bett liegend wieder, das Hemd in der Mitte aufgeschnitten und die Hose heruntergeschoben, so dass er im schwachen Licht seines Quartiers fast völlig entblößt war.

Lis saß neben ihm, ihr Gesicht war gezeichnet und blass. Als sie sah, dass er wach war, wollte sie ihre Hände wegzunehmen, aber er hielt sie fest, weil er den Kontakt brauchte.

„Du wurdest angeschossen", sagte sie.

„Ja, das tat weh." Er konnte sich nicht mehr genau an den Moment erinnern, aber in einem Augenblick hatte er sich umgedreht, um zu sehen, ob die Polai sie noch verfolgten, und war von einem Blasterschuss in die Seite getroffen worden. Hätte er aufgehört zu rennen, wäre es ihm gut gegangen, aber das Schiff war noch eine Meile entfernt. Das Laufen mit der Wunde hatte sie weiter aufgerissen. Das Letzte, woran er sich erinnerte, war, wie er vor Lis zusammenbrach und ihr entsetzter Gesichtsausdruck.

Sie versuchte, sich wieder loszureißen, aber Ru hielt sie fest. Lis warf einen Blick in seine Richtung und ein schiefes Lächeln kam über ihre Lippen. „Ich gehe nirgendwo hin. Ich muss nur deinen Verband überprüfen."

„Ich möchte, dass du bei mir bleibst." Die Worte rutschten ihm im Flüsterton heraus, und als Lis eine Augenbraue zu ihm hochzog, wurde ihm klar, dass er die Worte in Detyen gesagt hatte. Er wiederholte sie nicht in Interstellar Common. Er wollte nicht, dass sie weglief. Also ließ er ihre Hand los und ließ sie ihre Arbeit machen.

Sie stand über ihm und zog den dünnen Verband ab, den sie hastig auf seine Wunde geklebt hatte. Bei der Menge an Heilungsgel, die sie verwendete, war er sich sicher, dass sie nie eine medizinische Ausbildung erhalten hatte. Es war mehr als dreimal zu viel. Es würde ihm keinen Schaden zufügen, aber es war verschwenderisch.

„Es war nicht mehr viel Gel in dem Behälter", sagte sie. Anstatt den Verband zu wechseln, ließ sie die Haut unbedeckt. Ru blickte nach unten, um zu sehen, dass die Wunde fast vollständig verheilt war, die Haut war ein wenig gequetscht und glänzte. „Du brauchst einen neuen Verbandskasten. Selbst *ich* weiß, dass deine Vorräte gefährlich knapp sind."

Bis er sie traf, brauchte er die Vorräte nicht. Alles zu kaufen, was länger als ein paar Monate halten würde, wäre eine kolossale Verschwendung. Aber Ru behielt es für sich. Er konnte von Lis nicht erwarten, dass sie freiwillig bei ihm blieb, wenn sie wusste, dass er ohne sie sterben würde. Obwohl er bezweifelte, dass sie sich dessen überhaupt bewusst war, leuchtete ein Funken Güte in ihr auf. Sie würde ihn nehmen, ob sie ihn wollte oder nicht, um sein Leben zu retten.

Das wollte er nicht. Er wollte diese wunderbare Frau nicht wegen einer lästigen evolutionären Bedrohung an sich binden. Vielleicht war er dem Untergang geweiht, aber Ru konnte immer noch den warmen Abdruck ihrer Hände auf sich spüren, die Erinnerung an ihren Kuss schmecken. Dem Untergang geweiht? Er war sich da nicht so sicher.

Lis sah aus, als ob sie durch die Hölle gegangen war, als ob *seine Verletzung* sie da hingebracht hatte. Wenn er ihr auch nur einen Moment des Schmerzes ersparen könnte, würde er es sofort tun, aber ein egoistischer, animalischer Teil von ihm erfreute sich an ihrer Zärtlichkeit. Sie begann, sich für ihn zu interessieren.

Ru schnappte sich ein kleines Handtuch von dem Stapel, den sie auf das Bett neben ihm gelegt hatte, und rieb das überschüssige Heilungsgel ab. Er rückte rüber und schaffte auf seiner Liege genug Platz für Lis. Es würde zwar eng werden, aber sie konnten sich eng aneinander kuscheln.

„Leg dich zu mir?", fragte er und tätschelte das Kissen neben sich. Seine Haut sehnte sich danach, sie an sich zu spüren. Seinem Fleisch ging es gut, aber seine Seele war bedürftig.

Ein unsicherer Blick flackerte über Lis Augen, als würde sie sich daran erinnern, dass sie ihn kaum kannte. Sie hatte nicht die Gewissheit oder das

Wissen um das Denya-Band, und wenn sie die Verbindung zwischen ihnen so deutlich spürte wie er, hatte sie kein Vokabular, um sie zu verstehen.

Also fügte Ru ein sanftes „Bitte?" hinzu.

Lis Widerstand schmolz und sie ließ sich neben ihn gleiten. Es war nicht genug Platz für beide, um bequem zu sitzen oder gar flach auf dem Rücken zu liegen. Ru drehte sich auf die Seite und Lis schmiegte sich neben ihn, ihre kurvenreiche Gestalt drückte sich sanft an seine Brust. Rus Arm legte sich um sie und hielt sie fest.

Sie verschränkte ihre Finger mit seinen, die weichen Ballen berührten sanft die Scheiden seiner Krallen. Sie musste wissen, dass sie da waren, aber sie schien sich völlig wohl zu fühlen, ihr Atem ging gleichmäßig auf und ab.

Das war Zufriedenheit. Nichts könnte perfekter sein.

„Du bist wirklich schwer, weißt du", murmelte sie im schummrigen Licht des Zimmers. Er konnte spüren, wie die Spannung aus ihren Schultern wich, als sie sich an ihn schmiegte.

„Was?" Er lachte und fragte sich, ob er sich zu sehr an sie lehnte, aber es gab keinen Platz für ihn, um zurückzuweichen, seine eigenen Schultern stießen gegen die Wand des Schiffes.

Sie zeichnete mit dem Daumen Kreise auf

seinem Handballen. „Du bist draußen ohnmächtig geworden. Ich musste dich reinschleppen. Ich dachte ..." Sie drehte sich um, so dass sie ihm zugewandt war, ließ seine Hand los und ließ sie locker über ihre Hüfte hängen. „Ich hatte Angst." Das letzte Wort rutschte ihr heraus, als wäre es ein schmutziges Geheimnis.

„Ich werde nicht zulassen, dass dir etwas zustößt", schwor er. „Du wirst von diesem Planeten wegkommen." Er hatte keine Angst um sich selbst, als der Blaster zuschlug. Nein, es war alles für sie. Lis *konnte* hier *nicht* festsitzen, wenn ihm etwas zustieß. Er würde sie nicht zu einem Leben auf der Flucht verdammen.

Lis hob ihren Blick und sah ihn an. Ihre Augen waren so braun und weich, mit diesem seltsamen hellen Weiß um die Iris. Sie hob ihre Hand, um seine Wange zu streicheln, und Ru lehnte sich in ihre gekrümmten Finger. „Ich habe mir Sorgen um *dich* gemacht", sagte sie.

„So leicht wird man mich nicht los." Dennoch war ihr Gesichtsausdruck von Sorge geprägt. Er schätzte zwar den Gedanken, dass sie ihn in Sicherheit wissen wollte, aber die Vorstellung, dass seine kleine Verletzung ihr einen Moment des Schmerzes bereitet hatte, war ein zu harter Schlag. „Zwei kleine grüne Männchen sind *nichts*", sagte er. „Letztes Jahr habe wurde ich von einem oscavianischen Kriegsschiff durch zwei Sektoren verfolgt und bin ihnen entkommen."

Trotz ihrer Sorge konnte er sehen, dass sie beeindruckt war. Sie bewegte sich ein wenig und ließ ihre Beine mit seinen verschränken. „Ja? Und warum haben sie dich gejagt?"

„Das ist geheim." Das war es nicht, aber zu erklären, dass er DNA-Proben von der königlichen Familie gestohlen hatte, war nichts, was er einfach so preisgeben konnte.

Aber Lis wollte es nicht auf sich beruhen lassen. „Ist es das?" Ihre Hand glitt an seinem Kinn hinunter und zeichnete einen Weg an seiner Seite entlang und über seine Hüfte. „Und wenn ich *meine* Fähigkeiten einsetze, um es aus dir herauszuholen?"

Die Erregung stieg, als ihre Finger sein empfindliches Fleisch berührten und sein Schwanz sich zu verhärten begann. Er konnte es in ihren Augen sehen, als sie spürte, wie seine Länge gegen sie drückte, aber jetzt sah er eher Lust als Angst. „Welche Art von Folter schlägst du vor?" Wenn ihre Finger noch tiefer gingen, würde er jedes Geheimnis ausplaudern, das er kannte.

Lis' Lippen verzogen sich zu einem verruchten Bogen. „Alles, woran Männer denken, ist Folter. Wie schlägt man sie? Wie bricht man sie? Sie denken nie daran, einfach zu *fragen*. „ Sie hauchte das letzte Wort aus und schob ihre Finger unter den geöffneten Gürtel seiner Hose.

Als sie ihn in die Hand nahm, zischte Ru. Aber das war kein Schmerz. Es war himmlisch. Er erwartete, dass sie mit ihren schönen langen Fingern über ihn gleiten würde, aber stattdessen neckte sie ihn gnadenlos und benutzte nur ihre Fingerspitzen, um sein empfindliches Fleisch zu erregen.

„Bitte", keuchte Ru, der nicht genau wusste, worum er bettelte. Er wusste nur, dass er *es* wollte — nein, *brauchte*.

„Gefällt dir das?", fragte sie ganz unschuldig, während ihr Zeigefinger immer wieder mit ihm kreiste und ihn wie ein *Yurlu* spielte.

„Ja", sagte er und krümmte sich in ihrem Griff.

Aber Lis lachte nur und zog ihre Hand mit einer nachlässigen Bewegung weg. Mit der anderen Hand drückte sie auf seine Schulter, bis er ganz flach auf dem Bett lag. Sie nutzte die Gelegenheit, um auf ihn zu klettern und sich direkt über seinen Schwanz zu erheben. Ihre Finger waren verschwunden und spielten jetzt mit dem feinen Haar auf seiner Brust. Aber die Reibung ihres Geschlechts an ihm reichte aus, um ihn zum Knurren zu bringen.

Sie beugte sich über ihn und setzte ihre Lippen direkt neben sein Ohr, leckte über den äußeren

Rand, bis Rus Augen fast übergingen. Sie konnte nicht wissen, wie empfindlich, wie erotisch diese eine Bewegung für einen Detyen war.

„Und was würdest du mir geben, damit ich weitermache?" Die letzte Frage unterstrich sie, indem sie sanft in sein Ohrläppchen biss.

„Alles", versprach er, nicht mehr sicher, ob er IC oder Detyen sprach. Er packte ihre Hüften, um sie an Ort und Stelle zu halten, und presste sein Becken gegen ihres. „Ich werde in deinem Namen Galaxien erobern, du brauchst es nur zu sagen."

Das heisere Geräusch, das aus ihrer Kehle kam, hätte ein Lachen sein können, aber es war so von ihrer Erregung durchdrungen, dass er sich nicht sicher sein konnte. „Das hört sich gut an", sagte sie und gewann ihre Fassung wieder, als sie sich weiter auf die Knie hob, um die köstliche Reibung zu verringern. „Auch wenn ich kein Wort verstehen konnte."

Er hatte also Detyen gesprochen. Es war schwieriger, sich zu konzentrieren, wenn sein ganzes Wesen von ihr gefesselt war, aber diesmal konzentrierte sich Ru darauf, die richtigen Worte zu sprechen. „Ich werde alles tun, mach einfach weiter." Er zerrte sanft an ihr, nicht genug, um sie zu zwingen, aber um seinen Standpunkt deutlich zu machen.

In Lis' braunen Augen glitzerte etwas. „Also wirst du mir sagen, warum sie dich gejagt haben?"

„Was?" Wer war hinter ihm her? Wer auch immer es war, konnte warten.

„Die Oscavianer?"

Oh. Das. War das alles, was sie wollte? „Ich habe drei königliche DNA-Proben für eine rivalisierende Familie gestohlen. Ich weiß nicht, warum sie sie wollten."

„Welche Familie?", drängte sie, ihre Finger tauchten noch einmal unter seinen Hosenbund, fanden aber seinen Schwanz nicht ganz.

Ru erinnerte sich daran, was sie gerade tat, und lachte aus voller Kehle, tief aus seiner Lunge kommend. Er setzte sich mit einer Bewegung auf, wobei er Lis an seiner Brust festhielt, damit sie nicht nach hinten fiel und mit dem Kopf gegen die niedrige Decke am Fußende seines Bettes schlug. „Oh, ich bin froh, dass du nicht böse bist, Denya."

„Woher weißt du das?"

11

KAPITEL ELF

Sie hatte nicht vor, zu spielen. Eigentlich hatte Lis nicht viel nachgedacht oder geplant, seit sie Ru ins Schiff geschleppt, die Tür versiegelt und gehofft hatte, dass das Regenerationsgel, das sie gefunden hatte, wirken würde. Er war die längste Zeit zu still gewesen, und die Angst hatte in ihrem Bauch gewühlt und sie neben dem Bett festgehalten.

Alle Gedanken, ihm zu entkommen, verflüchtigten sich, während sie stille Gebete für seine Gesundheit sprach. Zumindest die Gedanken, ihm zu entkommen, bevor sie Polai verließ. Die verzweifelte, wilde Überlebende im dunkelsten Teil von ihr wusste immer noch, dass sie ihre Chance nutzen musste, sobald sie nicht mehr an dieses Höllenloch gebunden waren. Sie konnte nicht vor dem Band zwischen ihnen kapitulieren. Nicht, wenn sie selbst unversehrt bleiben wollte.

Ihn zu verführen war ganz sicher *nicht geplant gewesen*. Aber jetzt, wo sie auf ihm kniete, nass und bereit, mit dem Gefühl seines harten Schwanzes fast auf ihren Fingern, schien es eine ausgezeichnete Idee zu sein.

An Rus Körper geschmiegt, brannte sie vor Lust und fühlte sich auf eine Weise beschützt, wie sie es noch nie zuvor getan hatte. Sich an ihn zu klammern war kein Trick. Es fühlte sich einfach zu verdammt gut an, um loszulassen.

Wenn er sie jetzt Denya nannte, waren die Gedanken an Flucht verstummt. Sie wollte mehr wissen. *War* sie seine Gefährtin? Konnte sie es sein, obwohl sie ein Mensch war und er nicht?

Ru strich ihr eine Haarsträhne hinters Ohr und beantwortete die Frage, die sie als Scherz gemeint hatte. Aber es kam zu verletzlich, zu ernst rüber, um es mit einem Lachen zu überspielen. „Ein böser Mensch hätte mich dort draußen verbluten lassen und mein Schiff gestohlen."

„Ich weiß nicht, wie man dein Schiff fliegt", sagte sie, nicht ganz sicher, warum sie diese Debatte führen wollte. Lis wusste, dass sie nicht böse war. Oder?

Ru eroberte schnell ihre Lippen. „Das Böse besteht aus harten Kanten und scharfen Spitzen", sagte er. Seine Finger griffen nach ihren Hüften und glitten hinunter, bis er ihren Hintern in seinen Händen hielt. „Du bist viel zu weich."

„Du weißt, dass manche Menschen das als Beleidigung auffassen würden." Aber sie sah die Hitze in seinen Augen, das Rot machte das Feuer nur noch heller. Sie liebte es, dass er ihre Kurven liebte. In seinen Armen war kein Platz für Unsicherheit.

„Warum?", fragte er und seine Verwunderung erfreute sie.

„Erdenfrauen können ... empfindlich sein ... wenn man ihre Kurven kommentiert. Und manche Frauen werden nicht als begehrenswert angesehen, weil ..." Sie wollte sich wirklich nicht auf diese Diskussion einlassen.

Rus Schauben genügte, um sie davon abzuhalten, es zu versuchen. „Du bist die begehrenswerteste Frau, die ich je kennengelernt habe."

„Du hast also schon viele Menschen getroffen?" Sie musste lernen, ein Kompliment anzunehmen! Aber ihre Wangen wurden heiß und sie konnte ihn nicht ansehen. Es war fast falsch von ihm, all diese netten Dinge zu sagen, die nicht wahr sein konnten.

„Nein", sagte Ru und wartete, bis sie seinen Blick

erwiderte, bevor er fortfuhr. „Du bist die begehrenswerteste Person jeder Spezies, die ich je getroffen habe."

„Ich liege schon in deinem Bett, da braucht es keine Schmeicheleien." Sie wollte ihn wirklich nicht wegstoßen, aber was sollte sie sonst tun. Er war der schärfste Kerl, mit dem sie je zusammen war, und wenn er weiterhin solche Dinge sagte, würde er ihr das Herz brechen.

Sie konnte sehen, dass ihm der Scherz nicht gefiel. Seine Augen waren so ernst, und ein wenig besorgt. Vielleicht benutzten seine Leute keinen Humor, um sich zu distanzieren. Wenn das der Fall war, dann waren sie wirklich dem Untergang geweiht. Sie wusste nicht, wie sie etwas anderes tun sollte.

Er nickte, als hätte er eine folgenschwere Entscheidung getroffen. „Ja, ich denke, das erfordert drastische Maßnahmen."

Bevor sie ihn fragen konnte, was er meinte, hatte er sie auf den Rücken gelegt und kniete zu ihren Füßen wie ein siegreicher Held. Er griff nach dem Reißverschluss ihres Overalls und öffnete ihn langsam, Zentimeter für Zentimeter, so dass die dünne Schutzkleidung, die sie darunter trug, zum Vorschein kam. In den Filmen waren die Heldinnen unter ihren Anzügen immer völlig nackt. Im wirklichen Leben musste Lis sich Gedanken über Unterwäsche und Waffen machen. Sie würde so viele Schutzschichten wie möglich tragen.

Aber Ru hatte kein Problem damit. Er hörte auf, den Reißverschluss zu öffnen, als er den unteren Rand ihres Unterhemdes erreichte, wo seine Finger darunter krochen und sie leicht berührten, bis sie eine Gänsehaut bekam.

Sie starrte ihn wie hypnotisiert an, während er sich über sie bewegte, als müsse er jeden Zentimeter von ihr sehen, bevor er sie aufstehen lassen konnte. Und Lis hatte nicht vor, ihn aufzuhalten.

Er zog den dünnen Stoff hoch, bis er die Unterseite ihrer Brüste freilegte. Wenn der Anzug vollständig geschlossen war, hatten ihre Brüste mehr als genug Halt, aber wenn er den Reißverschluss öffnete, war sie für ihn völlig offen. Seine Daumen streiften über die empfindliche Haut und Lis erschauerte.

Ein Alarm ertönte, rote Lichter blinkten auf, und Ru zuckte zurück. „Hast du die passive Abschirmung aktiviert?", fragte er, rollte sich von ihr herunter und strich seine Hose glatt. Alle verführerische Intensität war verschwunden. Er schnappte sich ein Shirt aus einer Schublade neben dem Bett und zog es an.

„Ich glaube nicht." Lis zog ihr Shirt wieder herunter und schloss den Reißverschluss ihres Anzugs. „Wenn es nicht der große rote Knopf an der Tür war, habe ich es nicht getan."

Der Fluch, den er ausstieß, bedurfte keiner Übersetzung, auch wenn es Detyen war. „Das ist der Perimeteralarm. Wir sind entdeckt worden."

Es gab keine Zeit mehr für Diskussionen. Ru rannte zum Cockpit und Lis folgte ihm dicht auf den Fersen, da sie nicht wusste, was sie sonst tun sollte. „Du hast gesagt, du müsstest das Tarnsystem noch einen Tag lang aufladen lassen. Schaffen wir es auch ohne vollständige Aufladung vom Planeten?"

Ru schnallte sich auf dem Pilotensitz an: „Setz dich dorthin", sagte er zu ihr und deutete leicht nach hinten und links vom Pilotensitz, wo normalerweise der Waffenmeister sitzt. „Es ist zu siebenundachtzig Prozent aufgeladen. Das *sollte* reichen."

Sollte. Das war die Art von Wischiwaschi, die Menschen das Leben kostete, aber Lis behielt das für sich.

Ru klappte ein Visier vor seinem Gesicht herunter, und Lis fand etwas Ähnliches an ihrem Sitz befestigt. Sie tat es ihm gleich und sah durch das Visier hinaus, während sie die Sitzschnalle vor sich festhielt. Der Waffenmeister war für die Verteidigung eines kleinen Schiffes wie diesem verantwortlich, und das machte es zu Lis Aufgabe, die Blaster und Laserkanonen auf den Feind abzufeuern.

„Nur schießen, wenn wir unsere Tarnung verlieren", befahl Ru.

„Verstanden." Auf dem Bedienfeld vor ihr waren Dutzende von Tasten angeordnet, und am Ende der Armlehne ihres Stuhls befand sich ein Joystick, mit dem sie zielen und schießen konnte. Sie drehte einen der Drehregler auf ihrem Bedienfeld für die Waffen auf die höchste Stufe. Sie hatte einmal ein Schiff der Zentralflotte in einem Museum gesehen, und auf dem Schild stand, dass dieser Regler dafür gedacht war.

Sie hoffte, dass das der Standard war, denn Ru hatte keine Zeit, ihr etwas zu erklären.

Das Visier vor ihren Augen gab Lis keine genaue Sicht auf die Polai, die auf sie zukamen. Was sie stattdessen sah, war ein Gitter mit Punkten unterschiedlicher Größe, die sich auf das Zentrum ihres Gitters zubewegten. Nur einer von ihnen sah groß genug aus, um ihnen Schaden zuzufügen; der Rest, so vermutete sie, waren bodengebundene Fahrzeuge, die sie nicht mehr verfolgen konnten, sobald sie abgehoben hatten.

Das Antigrav-Triebwerk schaltete sich mit einem Ruck ein, warf sie nach vorne und rüttelte sie in ihrem Sitz hin und her. Sie hatte mit viel Lärm gerechnet, aber es war fast still, und sie hatte Angst, dass sie die Polai alarmieren würde, wenn sie zu laut atmete. Logischerweise würde das nicht passieren. Aber im Moment war ihr die Logik egal.

Sie hoben ab, und es gab für sie keine Möglichkeit festzustellen, dass die Tarnschilde funktionierten, außer der Tatsache, dass keiner der Polai zu schießen begann. Lis ließ ihre Finger über den Waffenkontrollen schweben, bereit zu feuern, sobald es nötig war. Ihr Herzschlag war ohrenbetäubend und ein feiner Schweißfilm bildete sich in ihrem Nacken. Ihre Hände zitterten kaum, aber das lag nur an ihrer jahrelangen Erfahrung in gefährlichen Situationen.

Das hier fühlte sich so viel schlimmer an. Es gefiel ihr nicht, keine Kontrolle zu haben.

„Die Tarnung hält", sagte Ru, als er das Gaspedal durchtrat. „Ladung ist 84%."

Lis griff nach oben und tastete an den Rändern ihres Visiers herum. Sie fand einen Knopf und drückte ihn, um einen Blick aus dem Schiff zu werfen. Sie waren mittlerweile über den Baumkronen, ihre Triebwerke kräuselten die Wolken. Sie ließ ihren Blick umherschweifen und versuchte, die Polai zu finden, die hinter ihnen her waren.

„Ich sehe ein Schiff in der Luft", sagte sie. „Definitiv in Schussweite."

„Nicht schießen", befahl Ru, ganz sachlich. „Ich sehe es auch." Seine Hände bewegten sich über die Kontrollen, aber Lis konnte nicht erkennen, was er tat.

Sie richtete ihre Aufmerksamkeit wieder auf ihr Visier. Sie kletterten mühsam Zentimeter für Zentimeter nach oben. Jede Minute oder so gab Ru ihr ein Update über die Tarnladung. Sie waren hoch aufgestiegen, Lis konnte meilenweit um sich herum sehen, und sie hatten die unheimlich aussehenden Schiffe hinter sich gelassen.

„Die Ladung ist auf 26 % gesunken", sagte Ru. „Das wird nicht halten."

„Was?" Lis richtete sich ruckartig auf, griff nach den Feuerknöpfen und schaltete ihren Visor zurück in den Waffenmodus.

„Ich muss die Turbotriebwerke einschalten, um die Atmosphäre zu durchbrechen. Das verbraucht normalerweise 31% einer Tarnladung." Er klang unglaublich ruhig in Anbetracht der Situation. „Das bedeutet, sobald wir die Atmosphäre durchbrechen, werden wir für das Satellitenverteidigungssystem sichtbar sein. Schieß alles ab, was sich uns nähert. Wir werden keine Freunde haben, bis wir durch das nächste Tor und aus diesem Sektor heraus sind."

„Und wie weit ist es bis zum Tor?", fragte sie und versuchte, es ihm gleichzutun.

Tore waren wie magische Türen zwischen verschiedenen Sektoren. Der Flug durch ein solches Tor verkürzte die Flugzeit eines Schiffes um Lichtjahre und machte interstellare und intergalaktische Reisen für normale Schiffe ohne FTL-Antrieb möglich.

„Wir können es schaffen", versprach Ru. Er streckte seine Hand aus und hielt sie hoch. Lis legte ihre Hand in seine und drückte sie fest.

„Mal sehen, was das Ding kann", forderte sie ihn auf. Sie hielten sich noch drei Sekunden lang gegenseitig fest, keiner wollte als Erster loslassen. Aber wenn sie entkommen wollten, brauchten sie beide Hände.

Ru richtete sich in seinem Sitz auf und begann, mit flinken Fingern Knöpfe zu drücken. „Einschalten des Turbos in drei, zwei, eins. Eingeschaltet."

Diesmal spürte *und* hörte Lis es, als die Triebwerke ohrenbetäubend aufheulten und sie durch die letzten Reste des polaiischen Himmels in die Höhe schossen und auf die dicke Barriere der Atmosphäre trafen.

Sie wusste, dass die Entschlossenheit in ihrem Gesicht der von Ru entsprach, aber sie konnte nicht zu ihm hinübersehen. Ihre ganze Aufmerksamkeit gehörte der Anzeige vor ihr. Sie waren den Bodenpatrouillen ausgewichen, aber das war nicht das Einzige, worüber sie sich Sorgen machen mussten.

Lis wärmte eines der Geschütze auf, stellte es auf Bereitschaftsmodus und wartete darauf, dass das Gitter mit feindlichem Feuer beleuchtet wurde.

Das Schiff schaukelte, als sie durch die Atmosphäre flogen, und dann spürte Lis die Schwerelosigkeit in ihrem Körper, als sich die Schwerkraft um sie herum auflöste. Eine Sekunde später setzte die synthetische Schwerkraft ein und sie konnte sich wieder normal bewegen.

Auf ihrem Raster erschienen zwei große Punkte auf gegenüberliegenden Seiten des Schiffes. In wenigen Augenblicken würden sie genau zwischen ihnen hindurchfliegen. Lis Finger ruhte auf dem Feuerknopf und sie wartete nur darauf, dass die Tarnung fiel.

„Ein Prozent übrig", warnte Ru.

Sie flogen so lange wie möglich geradeaus, aber Lis spürte es in der Sekunde, in der die Tarnung versagte. Die Lichter im Cockpit wurden etwas heller und Ru begann , in einem wilden Zickzackkurs zu fliegen, ohne lange genug auf einer Flugbahn zu bleiben, damit die Abwehrsysteme sie erfassen konnten.

Lis beobachtete, wie die beiden großen Satelliten auf sie zuschwenkten. Sie feuerte auf den ersten und gab einen Laserschuss ab, der jedoch ins Leere ging, als Ru erneut abdrehte. Lis unterdrückte ihren Fluch und zielte noch einmal.

„Wir werden angegriffen!", schrie sie, „direkt hinter uns." Sie versuchte, auf die Energiestrahlen zu schießen, die auf sie zukamen. Ru hatte gesagt, sie solle auf *alles* schießen. Also auch darauf. Ihre Schüsse wirkten wie eine Barriere, lenkten die Laserschüsse ab und schirmten ihr Schiff ab.

Lis zielte noch einmal auf den Satelliten. Sie richtete die Peilung entlang ihres Gitters aus und schoss. Die Explosion erfolgte einen Augenblick, bevor Ru erneut auswich und sie in ihrem Sitz hin und her warf. Aber einer der beiden großen Kleckse auf ihrem Raster wurde dunkel.

„Treffer!", rief sie. „Das ist einer der Satelliten."

„Gut."

Lis zuckte mit den Schultern und versuchte, erneut zu zielen. Sie sah den Schuss nicht, der sie traf, aber die Lichter flackerten einen Moment lang. Es war nicht genug, um Ru aufzuhalten. „Das reicht jetzt", sagte er. „Wir verschwinden von hier. Jetzt."

Lis feuerte blindlings nach hinten. Sie hoffte, den unversehrten Satelliten zu treffen, aber solange sie verhinderte, dass sie erneut getroffen wurden, würde sie es als Erfolg verbuchen. Ihre Ohren fielen zu, und plötzlich wurde der Klecks auf ihrem Gitter kleiner und kleiner, während sie sich vom Planeten entfernten.

„Eine Minute bis zum Tor", sagte Ru.

„Verstanden." Lis konzentrierte sich auf das Gitter vor ihr und suchte nach irgendwelchen Anzeichen von feindlichen Schiffen, die sie an der Flucht hindern könnten. Der Satellit war nur noch eine schlimme Erinnerung, doch sie wusste nicht, was die Polai ihnen noch entgegenzusetzen hatten.

„Dreißig Sekunden", zählte Ru herunter.

Eine Reihe von Punkten kroch am Rand des Bildschirms empor, Hunderte von ihnen und sie wurden schnell größer. Lis begann zu feuern und ließ eine Laserwand entstehen. Aber jedes ausgeschaltete Schiff schien durch zwei neue ersetzt zu werden.

„Hör auf zu schießen, sonst kommen wir nicht durch!" schrie Ru.

Aber sie waren zu nah. Wenn Lis aufhörte zu schießen, würden sie überrannt werden. Sie stieß einen Schrei aus und feuerte drei weitere Schüsse direkt nach hinten ab, die ein Loch in die Wand der Angreifer rissen, bevor sie ihre Hand vom Abzug nahm und in die Luft hielt.

„Bring uns durch, bevor sie uns kriegen!"

Ru antwortete nicht, aber das musste er sich nicht zweimal sagen lassen. Ihre Ohren fielen erneut zu und sie spürte, wie ein großes Gewicht auf ihren

Körper drückte. Das Atmen fiel ihr schwer. Je tiefer sie zu atmen versuchte, desto weniger Luft konnte sie in ihre Lungen saugen. Lis keuchte und versuchte, kleinere Atemzüge zu machen. Es schien nicht zu helfen.

Und dann war es vorbei.

Sie schaute auf ihre Anzeige und sah nichts. Sie waren durch das Tor geflogen und hatten es geschafft.

„Sie werden es nicht wagen, uns da durch zu verfolgen. Das wäre eine Kriegshandlung." Ru klappte sein Visier hoch und schob seinen Sitz von den Kontrollen zurück. „Wir haben überlebt."

Lis schnallte so schnell wie möglich alles ab, was sie konnte, wobei sich ein Arm im Gurt verhedderte. Aber nach einem kurzen Kampf war sie frei.

Sie stürzte sich auf Ru, klammerte sich an ihn und umarmte ihn mit aller Kraft. Seine Arme legten sich um sie und er stützte ihren Kopf mit einer seiner großen Alien-Hände. Sie konnte sich nicht überwinden, ihn loszulassen. Sie hätten sterben können, und sie begann gerade erst zu begreifen, was er ihr bedeutete.

Sie versuchte, sich zurückzuziehen, um ihre Gefühle in den Griff zu bekommen, aber sie konnte nicht loslassen. Es fühlte sich zu richtig an, ihn nah an sich zu halten. Jetzt, wo sie sich in der relativen

Sicherheit eines neuen Sektors befanden, schossen ihr all die Dinge durch den Kopf, die hätten schief gehen können.

Nein, sie würde nicht loslassen. Nicht bevor sie sicher war, dass sie ohne ihn überleben konnte.

12

KAPITEL ZWÖLF

Die Explosion hatte dem Schiff schwer zugesetzt. Ru verbrachte einige Stunden damit, das Ausmaß des Schadens festzustellen, nachdem sie es durch das Tor geschafft hatten, aber nachdem er alle offensichtlichen Systeme gescannt hatte, kam er nur zu dem Schluss, dass es noch zu früh war, um das zu sagen. Als er sicher war, dass sie nicht verfolgt wurden und der Autopilot zumindest noch ein paar Stunden durchhalten würde, nahm er sich die Zeit, um sich auszuruhen.

Lis machte sich rar, obwohl er sich nicht ganz sicher war, warum. Wenn sie nicht gewesen wäre, wäre er tot. So untrainiert ihre Technik auch war, sie hatte genug Feuer gelegt, um eine ganze Armee zu bekämpfen, nicht nur einen Angriff von einem polainischen Verteidigungssatelliten.

Als er am nächsten Morgen aufwachte, war ihre Tür geschlossen, und ein kurzer Blick in den Schiffscomputer verriet ihm, dass sie noch in ihrem Zimmer schlief. Ru versuchte nicht, sie zu wecken. Sie hatte am Vortag einen großen Schreck erlitten und brauchte zweifellos eine Pause.

Stattdessen begann er, sein Schiff zu reparieren. Die Arbeit verschlang ihn, und ehe er sich versah, waren seine Muskeln vom stundenlangen Halten ungünstiger Positionen steif, und er war vollständig von Hunderten von Metern bunten Kabels umgeben.

Kein einziges System war von dem Einschlag völlig zerstört worden, aber die einzigen Dinge, die nicht in irgendeiner Weise beeinträchtigt worden waren, waren die Lebenserhaltungs- und Tarnsysteme.

Die Navigation war fast durchgebrannt, und wenn er die Koordinaten der Station Honora nicht auswendig gekannt hätte, wären sie im leeren Weltraum verloren gewesen. Nur wenige Schiffe kamen durch das Polai-Tor, und sie befanden sich in einer der am wenigsten bevölkerten Schifffahrtsrouten der gesamten Galaxis.

Ru wusste, dass sie bis zum nächsten Tor kein anderes Schiff sehen würden. Und mit den kaputten Systemen und dem fast nicht funktionierenden Navigationscomputer würde ihre Reise ein paar

Tage länger dauern. Er hatte gehofft, Ende der Woche auf der Station Honora zu sein. Daraus wurde nun nichts. Sie konnten nicht mit Höchstgeschwindigkeit fliegen, und er würde den Flugcomputer mit Argusaugen überwachen müssen, um sicherzustellen, dass sie auf Kurs blieben.

Aber er hatte Freunde auf Honora. Sie würden in der Lage sein, sein Schiff zu reparieren. Oder es von ihm erben, wenn Lis beschloss, ihn zu verlassen.

Nein, darüber wollte er nicht nachdenken.

Ein Geräusch in der Küche ließ ihn aufhorchen. Er löste sich von den Drähten und Kabeln und stand auf, um sich kurz zu strecken. Er verließ das Cockpit, wobei er die Tür hinter sich offen ließ, und fand Lis vor der Küchenmaschine stehen und auf dem Eingabebildschirm zeichnen.

Er stand in der Tür, einen Arm lässig auf die Decke des Schiffes gestützt, und sah sie einfach nur an. Sie schien sich auf seinem Schiff und in seinem Leben bereits sehr wohl zu fühlen. Ihr Haar war zurückgesteckt und mit einem zerrissenen Stück Stoff gesichert. Es war unordentlich und gemütlich und so verdammt heimelig, dass Ru für einen Moment ein Gefühl der Sehnsucht nach etwas überkam, das er nie zuvor gehabt hatte.

Konzentriert runzelte sie die Stirn, während sie alle Optionen des Prozessors durchblätterte. In einer

Hand hielt sie ein Ersatz-Tablet, das er zur Unterhaltung in ihrem Zimmer gelassen hatte. Da sie kein IC lesen konnte, nahm er an, dass sie eine Wörterbuch-App geöffnet hatte, damit sie sich durch die Essenszubereitung arbeiten konnte.

Lis schaute zu ihm hinüber, starrte ihn an, und ihr Mund verzog sich zu einem strahlenden Lächeln. „Morgen! Ich dachte, du möchtest vielleicht etwas frühstücken.“

„Das klingt wunderbar.“ Ein zerbrechliches Gefühl erblühte zwischen ihnen, geboren aus Gefahr und Beschützerinstinkt und einer berauschenden Dosis von Anziehung. Ru wollte es festhalten, aber er wusste, dass es zu Staub zerfallen würde, wenn er es zu fest anfasste.

Sie würden also mit einer Mahlzeit beginnen und langsam vorgehen. Schließlich war das Zubereiten von Mahlzeiten in seinem Volk ein lang gehegter Brauch des Werbens. Da sie keinen Planeten mehr ihr Eigen nennen konnten, war eine nächste Mahlzeit nie garantiert. Das Teilen von Essen und Brauchtum war die ultimative Freundlichkeit. Er verheimlichte dies vor Lis, nicht um zu lügen, sondern weil er sich nicht sicher war, ob sie bereit war, es zu erfahren. Sie war schon einmal vor ihm weggelaufen, und er würde nicht zulassen, dass sie noch einmal so etwas in Erwägung zog.

Ru nahm am Tisch Platz und setzte sich auf die mit Kissen bedeckte Bank an der Wand des Schiffes. Lis holte Teller und bereitete Getränke vor, ohne ihm auch nur einen Hinweis auf das zu geben, was sie zubereitet hatte. Es roch anders und köstlich, und ihm lief das Wasser im Mund zusammen. Er hatte noch nichts gegessen, und erst jetzt merkte er, wie hungrig er geworden war.

Sie drehte sich mit zwei Tellern in der Hand um und stellte sie auf den Tisch. „In deinem Prozessor ist kein Ahornsirup", erklärte sie. Ru hatte keine Ahnung, was ‚Ahornsirup' überhaupt war. Das musste ein menschliches Ding sein. „Aber ich denke, wir werden uns mit dem begnügen können, was ich zusammengestellt habe."

Ru holte tief Luft und atmete den süßen Duft des kleinen Stapels von Pfannkuchen ein, der sich neben den Wurstscheiben auftürmte. „Das sieht köstlich aus." Sie biss sich auf die Lippe und sah ihn erwartungsvoll an, um zu sehen, was er sagen würde. Ru kam ihr gerne entgegen. Er schnitt in den fluffigen Kuchen und tauchte ihn in die dunkle Sirupmischung, die sie in eine kleine Schüssel gegeben hatte.

Er *war* köstlich. Er nahm noch einen Bissen und dann noch einen und aß den Kuchen komplett auf. Dann probierte er die Wurst und das Salz und das

Eiweiß waren der perfekte Ausgleich zu dem, was er gerade gegessen hatte.

Aber Lis war noch nicht zufrieden. Sie rutschte auf den Sitz neben ihm und sagte: „Nein, probier sie zusammen."

Ru wusste nicht, was sie meinte. Der süße Kuchen konnte unmöglich gleichzeitig mit der Wurst gegessen werden. Sie würden zu unterschiedlich schmecken.

Als sie sah, dass er ihren Rat nicht befolgte, schnitt Lis einen ihrer Kuchen an und wickelte damit einen kleinen Bissen Wurst ein. Sie tauchte sie in den Sirup und hielt ihm ihre Finger direkt vor den Mund.

„Vertrau mir", sagte sie.

Da sie sich an ihn schmiegte und ihre Finger nur einen Atemzug von seinen Lippen entfernt waren, konnte Ru sich nicht weigern. Er öffnete seinen Mund und ließ sich von ihr füttern, wobei er die Ränder ihrer Fingerspitzen mit seinen Lippen einfing, als er auf den angebotenen Happen biss.

Als der Geschmack in seinem Mund explodierte, unterdrückte er ein Stöhnen. Sie hatte so verdammt recht gehabt, dass er sich nicht erinnern konnte, wann er das letzte Mal etwas so Köstliches gegessen hatte.

Na ja, bis auf ihre Lippen.

Sie lehnte sich zurück, um sich neben ihn zu setzen, aber Ru legte seinen Arm um ihre Schulter, um sie davon abzuhalten, sich zu weit zu entfernen. Lis richtete sich wieder auf, lehnte sich an ihn und zog ihren Teller näher heran, damit sie ihr Essen zu sich nehmen konnte. Sie versuchte nicht, sich von ihm zu entfernen, und das ließ Ru mit einer seltsamen Befriedigung zurück.

Lis beschäftigte sich mit ihrem Essen und erklärte: „Das ist das einzige Essen, das die Mutter im Waisenhaus zubereiten konnte. Alles andere war … ätzend." Sie verzog das Gesicht und spottete. „Sie dachte, sie könnte kochen, und ihr Essen war so ziemlich das Schlimmste, was man einem Haufen halbverhungerter Kinder antun kann."

Dass sie ein hartes Leben geführt hatte, war nie in Zweifel gezogen worden. Es hatte sie stark gemacht, aber ihre Kanten waren scharf.

„Warst du lange dort?", fragte er. Die menschliche Adoleszenz dauerte viel länger als die von Detyen. Er war auf seiner ersten intergalaktischen Mission ausgebildet worden, bevor er zehn Jahre alt war, und mit dreizehn war er voll ausgebildet.

Lis nahm einen Bissen und zuckte mit den Schultern. „Ein paar Jahre. Ich wurde mit sieben Jahren auf der Straße aufgegriffen und wurde mit zwölf Jahren in eine Berufsausbildung gesteckt." Sie lächelte, mit einem Glitzern in den Augen: „Es hat nicht geklappt."

Mit der Hand, die er über ihre Schulter gelegt hatte, spielte er mit einer Haarsträhne, wickelte sie um seinen Finger und ließ sie locker fallen. Es war so weich, dass er kaum aufhören konnte, es zu berühren. „Immer der Unruhestifter?"

„Ich war ein Engel!" Lis lachte, als sie protestierte. „Was ist mit dir?"

Ru schüttelte den Kopf und täuschte einen verwirrten Gesichtsausdruck vor. „Ich weiß nicht, was du meinst. Auch ich war perfekt."

„Wirklich?" In ihrem Blick lag ein Hauch von Verletzlichkeit, als würde sie ihm glauben, wenn er sagte, dass er die Wahrheit sprach. Wenn sie diesen Tonfall und diesen Blick hatte, konnte er nicht lügen.

„Ich habe vielleicht — ein einziges Mal — dafür gesorgt, dass ein Schiff ein halbes Lichtjahr von der Zivilisation entfernt gestrandet ist." Und dabei hatte er mehr über interstellare Technik gelernt, als er in zehn Jahren Ausbildung hätte lernen können.

„Ohne Scheiß? Was ist passiert?" Lis stocherte beiläufig in ihrem Essen herum, während sie sprach, aber sie blieb dicht an ihn gekuschelt, als wäre es das Natürlichste der Welt.

Ru saß auf dem schmalen Grat zwischen Sorge

und Glückseligkeit. Sie öffnete sich für ihn, aber es könnte alles verschwinden. Er ließ sich die Sorge nicht anmerken, als er sprach. „Es war im zweiten Jahr meiner Ausbildung. Ich hatte meinen Chef angefleht, mir zu erlauben, kleine, alltägliche Reparaturen auszuführen, bei denen ich ihn schon dutzende Male beobachtet hatte. Jedes Mal sagte er nein." Ru erinnerte sich noch an den strengen Blick, den Yov ihm jedes Mal zuwarf, wenn er die Frage stellte. „Also wurde mir eine Schicht überlassen, um auf Probleme zu achten. Wenn eines auftauchte, hatte ich den Auftrag, einen der Gesellen oder Meister zu holen, wenn etwas schief ging. Und mitten in der Nacht fing einer der Sensoren an zu blinken."

Lis Augen weiteten sich, als sie „Oh, nein" sagte, in einem Tonfall, der verriet, dass sie genau wusste, was als Nächstes passieren würde. Ihre Finger krallten sich lässig in den Stoff seines Oberteils.

Ru legte seine eigene Hand auf die ihre. „Es sah so aus, als ob ein Antigrav-Triebwerk kurz vor der Überhitzung stand. Das ist so ziemlich das Einfachste, was man an einem Schiff reparieren kann. Recycle den Kern, spüle das Kühlmittel aus und befülle es wieder, und das war's. Das dauert fünf Minuten. Unter normalen Umständen."

„Was ist passiert?", fragte sie.

Er spürte noch die Hitze des Maschinenraums auf seinen Wangen, roch den Geruch von Öl in der Luft. „Das Triebwerk war tatsächlich *ausgefallen*. Derselbe Sensor, aber eine schnelle Diagnose hätte das Problem aufgedeckt. Nur war ich nicht befugt, selbst eine Diagnose durchzuführen." Damals war ihm das völlig ungerecht vorgekommen, aber jetzt verstand Ru die Methode. „Also habe ich getan, was ich dachte, um das Problem zu lösen. Und der Motor explodierte."

Sie schnappte nach Luft. „Wurde jemand verletzt?"

Er schüttelte den Kopf: „Zum Glück nicht. Aber ich wurde degradiert und bekam drei Monate lang zusätzliche Aufgaben sowie eine Gehaltskürzung, um 10 % der Kosten zu decken."

„Wie teuer war es?" Er war nah genug dran, um jeden noch so kleinen Ausdruck in ihrem Gesicht zu lesen. Er würde den ganzen Tag reden, wenn er nur jede ihrer Zuckungen katalogisieren könnte.

„Wir wurden einem militärischen Frachter des Nyglan-Konglomerats zugeteilt." Damals stand das Konglomerat am Rande eines Krieges und brauchte jedes Schiff, das es bekommen konnte. Die Ausbildung war hart, schnell und unglaublich streng. „Ich habe mehr als ein Jahr lang keine Bezahlung bekommen."

Sie zuckte vor Mitleid zusammen und erinnerte ihn daran, dass auch sie das Leben eines Vertragsarbeiters geführt hatte. Sie verstand die Notwendigkeit der Bezahlung. „Das muss scheiße gewesen sein."

„Wenigstens waren meine Verpflegung und Unterkunft kostenlos. Und er hatte bekommen, wofür er gezahlt hatte. Die Prozessoren waren mit geschmacklosen Essenspaketen und Proteingetränken ausgestattet, und er hatte fünf Jahre lang mit drei anderen Lehrlingen zusammen gewohnt, bis er seine Ausbildung abgeschlossen hatte.

Das Läuten einer Glocke erregte seine Aufmerksamkeit. Der stündliche Alarm, den er eingestellt hatte, um ihn daran zu erinnern, den Navigationskurs zu überprüfen, läutete. Er wollte nicht, dass sie zu weit vom Kurs abkamen, wenn das System ausfiel. Er sah auf seinen Teller hinunter und stellte mit Erstaunen fest, dass er bis auf ein paar Krümel alles aufgegessen hatte. Er war so in das Gespräch mit Lis vertieft gewesen, dass er nicht bemerkt hatte, dass er langsam gegessen hatte. Dennoch sagte er und meinte: „Das war wirklich die beste Mahlzeit, an die ich mich auf diesem Schiff erinnern kann." Er packte anständige, nahrhafte Mahlzeiten ein, aber er machte sich selten die Mühe, etwas zu genießen, dessen Zubereitung mehr als ein paar Sekunden dauerte.

Ihre Wangen färbten sich entzückend rosa. „Danke.“

„Ich muss das Navigationssystem überprüfen und ein paar neue Kabel verlegen.“ Er hatte alles auf einem Haufen liegen lassen, als er sie in der Küche sah. Es graute ihm davor, sich allein mit diesen Problemen herumzuschlagen, aber es war notwendig. „Das System muss in den nächsten Tagen einmal pro Stunde überprüft werden, um sicherzustellen, dass wir auf dem richtigen Kurs zum nächsten Tor sind.“

Ihre Augen weiteten sich. „Ist der Schaden so groß?“

Ru zuckte mit den Schultern, da er sich an das Ausmaß des Schadens gewöhnt hatte. Er war nicht glücklich darüber, dass sein Schiff Feuer gefangen hatte, aber er kannte die Wahrheit. „Es hätte viel schlimmer sein können, wenn du nicht gewesen wärst.“

Lis blickte zu Boden, sie sah nicht glücklich aus. „Ich habe zugelassen, dass wir getroffen werden.“

Ru legt einen Finger unter ihr Kinn und hob ihr Gesicht an, damit sie ihn sehen konnte. Sie sollte genau wissen, wie sehr er sie schätzte, nicht nur als seine Denya, sondern als die Frau, die ihm das Leben gerettet hatte. „Du hast einen Satelliten ausgeschaltet und nur einen einzigen Schuss durchgelassen. Ich werde dir wohl kaum den einen Treffer vorwerfen."

Sie schenkte ihm ein halbes Lächeln. „Nicht schlecht für einen Neuling, denke ich."

Ru küsste sie auf die Stirn. Er hätte noch mehr getan, aber der Wecker läutete immer noch, und er wollte sie zu sehr, als dass er sich mit einem keuschen Kuss zufrieden geben konnte. „Gar nicht schlecht", sagte er. Sie räumten den Tisch ab und legten alles in den Recycler. Bevor Lis weggehen oder Ru sich selbst aufhalten konnte, fragte er: „Würdest du mir Gesellschaft leisten?"

Er wusste nicht, was er erwartet hatte. Sie sah ihn mit einem seltsamen Gesichtsausdruck an, die Augenbrauen nach unten gezogen und die Lippen zu einem fast schon als Lächeln zu bezeichnenden Ausdruck verzogen. Sie schwieg ein paar Sekunden lang, bevor sie einmal langsam nickte und sagte: „Ich glaube, das würde mir gefallen. Sehr sogar."

13

KAPITEL DREIZEHN

LIS HATTE SICH IN RU VERLIEBT. RICHTIG VERLIEBT. Irgendwann auf Polai hatte es angefangen. Vielleicht, als sie kurz vor ihrer Entdeckung miteinander geknutscht hatten, oder sogar einige Zeit davor. Sie konnte den genauen Moment nicht bestimmen, aber die Gefühle holten sie jetzt ein und es war wie ein Sturm, der in ihrem Gehirn tobte.

Obwohl ‚verlieben‘ vielleicht nicht der richtige Ausdruck war. Sie war entsetzt und aufgeregt, dass sie bereits verliebt war und wartete nur auf eine kleine Ermutigung von ihm, um es zuzugeben.

Denn das war das Seltsame daran. Sie waren vor mehr als einer Woche von Polai geflohen und hatten in dieser Zeit einen Großteil ihrer Zeit miteinander verbracht. Sie redeten und lachten, schmiegten sich aneinander, aßen gemeinsam und taten im Großen und Ganzen alles, was zwei Menschen normalerweise tun, die sich wirklich mögen. Aber Ru hatte sie nicht geküsst, nicht *wirklich* geküsst, seit sie unterbrochen worden waren.

Und es wurde langsam unangenehm.

Okay, sie war geil.

Ihre Gefühle bestanden nicht nur aus Hormonen, ein Teil von ihr wollte auf ihn klettern und ihn bis zur Ekstase reiten. Verdammt noch mal, das würde Spaß machen.

Das Cockpit war ein wenig beengt dafür, aber jeder hatte sein Quartier und es gab den Holoraum, also war es nicht der Platzmangel, der sie voneinander trennte.

Es war Ru.

Sie ertappte ihn dabei, wie er sie ansah, wenn er glaubte, dass sie es nicht merkte, und er hatte diesen glühenden Blick in seinen Augen, der ihr sagte, dass sie in sein Bett gehörte. Das entzündete ein Feuer in ihr, und ihre Träume, die anfangs eher sexy waren, wurden langsam immer verruchter. Vier Nächte hintereinander war sie keuchend aufgewacht und kurz davor, seinen Namen zu rufen. Sie versuchte anzudeuten, dass sie offen für ihn war, dass sie seine Liebkosungen ersehnte.

Zuerst stellte sie sicher, dass sie ihm zu nahe kam. Manchmal beugte sie sich vor, um ihren

Hintern zu zeigen. Sie berührte ihn, strich mit ihren Fingern über seinen Oberschenkel und kam seinem Schwanz bis auf wenige Zentimeter nahe. Jede ihrer Handlungen wäre für einen rotblütigen Erdenmann der Beweis gewesen, dass sie auf ihn scharf war.

Er wollte sie. Dessen war sie sich sicher. Das zeigte sich in den verstohlenen Blicken und den Worten, die er *beinahe* zu ihr sagte. Jedes Mal, wenn er sich vergaß und sie „Denya" nannte, sah sie, wie er zusammenzuckte, als ob er sich wünschte, er könnte damit aufhören. Am Anfang hatte ihr dieses Wort Angst gemacht. Jetzt hüllte sie sich darin ein, wie in eine warme Decke. Sie verstand nichts von Schicksal oder magischen Verbindungen, aber Ru *gehörte ihr*, und das war alles, was zählte. Selbst wenn die Anziehungskraft nachließ, sobald sie wieder in der Zivilisation angekommen waren, gehörte er jetzt ihr, und sie hatte es aufgegeben, sich etwas anderes vorzumachen.

Acht Tage, nachdem sie durch das Tor gesprungen und aus dem polaiischen Herrschaftsgebiet entkommen war, saß Lis mit Ru im Cockpit. Die Kabel schienen aus jedem Paneel und den Wänden herauszuwachsen, und jeden Tag gab es mehr und mehr Gewirr um Rus Arbeitsplatz.

Und jede Stunde ertönte der Alarm, damit einer von ihnen das Navigationssystem überprüfen konnte. In acht Tagen waren sie nicht ein einziges Mal vom Kurs abgekommen. Aber Ru war nicht bereit, sich darauf zu verlassen. Die Hälfte der Kabel, an denen er herumfummelte, standen in irgendeiner Weise mit den Navigationskontrollen in Verbindung, und wenn er das falschen Kabel durchtrennte, konnten sie leicht vom Weg abkommen.

Aber es war zu viel Arbeit für einen einzigen Mann. Er hatte sich aber trotzdem nicht völlig in seine Verkabelung vertieft. Er hatte sich die Zeit genommen, ihr zu zeigen, wie man das System mit den Karten abgleicht, die er in einer separaten Datenbank gespeichert hatte. Und nachdem sie das verinnerlicht hatte, hatte er ihr gezeigt, wie man das Schiff manuell fliegt. Sie konnte nicht üben, die Atmosphäre zu durchbrechen oder zu landen, bis sie einen geeigneten Planeten gefunden hatten, aber sie konnte übernehmen, falls Ru und dem Autopiloten etwas zustieß.

Nachdem sie gelernt hatte, das Navigationssystem zu überwachen, hatten sie und Ru sich angewöhnt, in Schichten zu schlafen. Einer von ihnen war immer wach, um die Kontrollen zu überwachen, und wenn sie beide wach waren, verbrachten sie die meiste Zeit zusammen, entweder im Cockpit oder in der Küche.

Sie war schon früher gelegentlich mit anderen

Leuten auf engem Raum eingesperrt gewesen und war innerhalb von ein oder zwei Tagen am Rande der Gewalt. Mit Ru fühlte es sich ... nett an. Angenehm. Und richtig.

Im Moment tat sie nicht viel. Aber ihr Blick fiel auf Ru, der an der Wand lehnte und die Augenbrauen nachdenklich zusammengezogen hatte.

Er blickte finster drein und warf die Handvoll Drähte auf den Boden, an denen er gearbeitet hatte. „Verdammt!", sagte er. Offensichtlich hatte er das Memo zum Thema „nett und angenehm" nicht erhalten.

„Was?" fragte Lis. Er hatte den ganzen Tag gearbeitet, gelegentlich mit ihr gesprochen, aber meistens nur auf sein Projekt gestarrt.

„Nichts." Ru atmete aus, die Haare, die ihm über die Augen gefallen waren, flogen kurz davon, bevor sie sich wieder über die gleiche Stelle legten. „Ich bin nur frustriert. Ich habe die Kabel falsch verbunden", erklärte er und hielt ein leuchtend gelbes Stück Draht hoch.

Lis legte das kleine Gerät, mit dem sie sich beschäftigt hatte, ab und stand auf. „Okay, das war's."

Ru musste den Kopf zurücklegen, um ihr ins Gesicht zu sehen. „Wie bitte?"

„Wir haben beide einen Hüttenkoller oder so. Es

ist Zeit für eine Pause." Sie hatten zu lange gearbeitet. Jeder einzelne wache Moment war der Aufgabe gewidmet, das Schiff flugfähig zu halten. Und im Moment vermutete sie, dass Ru nur an den Kabeln arbeitete, um sich zu beschäftigen, und nicht, weil sie sonst aus dem Weltraum fallen würden.

„Hüttenkoller?", fragte er.

Lis fuchtelte mit den Händen herum und sagte: „Kleiner Raum, kein Platz zum Ausweichen, nur wir beide. Wir sind gestresst."

Sein Ton war bewusst ruhig, aber sie wusste, dass er immer noch nervös war. „Die Reise wird nur noch ein paar Tage dauern. Ich kann das Navigationssystem im Auge behalten, wenn du etwas Zeit brauchst ..."

„Ruwen." Sie unterbrach ihn. Sein Gesicht zuckte und seine Augen glühten rot. Wie sie diesen Blick jemals als dämonisch interpretieren konnte, wusste sie nicht. Das war pures Verlangen.

„Wir müssen uns beide entspannen", sagte sie und versuchte, sich nicht ablenken zu lassen. „Also müssen wir eine Pause machen."

Er zeigte auf den Zentralcomputer: „Das Navigationssystem ..."

Daran war Lis im Moment nicht interessiert. Sie hatte andere Vorstellungen. „Nur drei Stunden. Danach können wir es überprüfen."

„Wenn es vom Kurs abkommt ...“

„Bis jetzt ist das nicht passiert, und wenn doch, wird es nicht viel schaden.“ Sie könnten sich ein wenig Zeit nehmen, um sich zu entspannen. Und im schlimmsten Fall würden sie ein wenig vom Kurs abkommen. Das konnte leicht korrigiert werden. Sie befanden sich im leeren Weltraum; es bestand keine große Gefahr, in einen Stern zu fliegen oder mit einem Planeten zu kollidieren.

Ru grinste. „Was schlägst du vor?“

„Einen Spaziergang im Park.“ Sie streckte ihre Hand aus, und er erhob sich aus seinem Nest von Kabeln und nahm sie.

Nachdem sie den Wecker auf drei Stunden gestellt hatten, führte Lis Ru durch den Gang zum Holoraum. Wenn sie nicht gerade schlief oder mit Ru im Cockpit saß, hatte sie ein wenig Zeit damit verbracht, mit den verschiedenen Einstellungen des Holoplayers zu experimentieren.

Sie stellte ihn auf die gewünschte Einstellung und beobachtete den Ahornwald, der um sie herum auftauchte. „Es ist nicht *ganz* wie zu Hause, aber es ist nah dran.“ Es sah ein wenig aus wie die Parks in den Filmen vom Ende des zwanzigsten Jahrhunderts. Der Himmel über ihnen war klar und blau, durchsetzt mit flauschigen weißen Wolken. Die Bäume ragten fünfzehn oder mehr Meter in die

Höhe und spendeten mit ihren grünen Blättern ein wenig Schatten.

In den Ödlanden gab es nichts dergleichen, aber es fühlte sich trotzdem fast wie auf der Erde an.

Sie nahm Rus Hand und ging mit ihm einen mit Blättern übersäten Weg entlang. Die Luft war frisch und flüsterte um sie herum, zerzauste ihr Haar und war nicht zu kühl, sodass sie keinen Mantel brauchte. Vögel zwitscherten in der Ferne und es roch frisch, grün und lebendig, so wie sie sich den Geruch eines Waldes vorstellte.

Aber es war nicht nur der Wald, den sie sehen wollte.

Der schmale Weg endete vor einer kleinen Hütte. Der Wald versperrte ihnen den weiteren Weg, aber das Holzhaus sah sehr einladend aus. Wenn es, wie im Märchen, einer Hexe gehörte, musste sie eine gute Hexe sein.

Lis lächelte Ru an. „Ich habe es das letzte Mal gesehen, als ich dieses Holo gewählt habe, aber ich bin nicht hineingegangen."

„Warum nicht?", fragte er.

„Weil ich nicht allein hineingehen wollte." Dieser Ort hatte etwas Besonderes an sich, etwas, das sie mit ihm teilen wollte. Das mochte albern erscheinen. Schließlich war dies sein Holoprogramm. Er hätte schon oft in die Hütte gehen können, aber dem nachdenklichen Blick in seinen Augen nach zu urteilen, war sie auch für ihn neu.

Sie gingen den grauen Steinweg entlang zur Tür und stiegen die drei Stufen zur Veranda hinauf. Es war eine Blockhütte aus rötlichem Holz mit dunklen Ziegeln auf dem Dach. Lis sah Rauch aus dem Schornstein aufsteigen.

Sie öffnete die Tür und trat ein, Ru direkt hinter ihr, seine Körperwärme drang durch ihre Kleidung hindurch auf ihre Haut. Sie lehnte sich zurück und drückte sich leicht an ihn. Ru legte eine Hand auf ihre Hüfte und wollte sie gerade wegziehen, als Lis sie mit ihren Fingern umfasste. Er hielt inne.

Die Gesetze der Physik schienen außer Kraft gesetzt worden zu sein.

Von außen wirkte die Hütte klein, einstöckig und vielleicht ein paar dutzend Quadratmeter groß. Sie befanden sich mitten in einem Wald, und die Hütte hätte vollständig von Bäumen umgeben sein müssen.

Aber das Innere dieser Hütte war riesig. Die Decke ragte über ihnen auf, wahrscheinlich sechs Meter hoch oder mehr. Sie war zu hoch, um die Details der verzierten Holzbalken ganz oben erkennen zu können. An einer Wand befand sich ein Kamin, der in einen Palast gepasst hätte; er war höher als sie und das Feuer, das darin loderte, war heiß und groß genug, um ein Wildschwein zu braten. Vor dem Feuer lag ein großer, flauschiger Teppich zwischen zwei hochlehnigen Ledersesseln.

Allerdings hatte das Haus nur einen Raum. Ein Himmelbett nahm ein Viertel des Raumes ein. Ein Dutzend Personen konnten bequem darin schlafen, ohne Gefahr zu laufen, sich gegenseitig zu stören.

Gegenüber der Eingangstür nahm ein großes Fenster den größten Teil der Wand ein. Der Ausblick ging über eine Klippe hinaus aufs Meer, wo die Wellen gegen die Felsen schlugen.

„Sehen alle eure Behausungen so aus?" fragte Ru mit einer Stimme voller Staunen.

Lis konnte das Lachen nicht unterdrücken, das sich in ihrer Kehle bildete. „Gott nein. Ich kann die gegenüberliegenden Wände meines Zimmers berühren, wenn ich mich anstrenge und es gibt keine Fenster." Sogar das Mannschaftsquartier, in dem sie jetzt schlief, war schöner, obwohl sie wusste, dass sie nicht dieselbe Meinung hätte, wenn sie das Zimmer mit drei anderen Menschen teilen müsste. „Dieser Ort ist etwas Besonderes." Und das nicht nur, weil es auf der Erde ein Palast wäre.

Er trat an ihr vorbei und schaute sich um, drehte sich langsam um, um alle Details in sich aufzunehmen. Doch schließlich blieb sein Blick an ihr hängen, leuchtend rot von seinem inneren Feuer. „Ja, besonders."

Lis Herz setzte einen Schlag aus. Er redete nicht von der Hütte.

Der Kuss hatte tagelang auf sich warten lassen, und als sie die Distanz zwischen sich schlossen und seine Lippen die ihren bedeckten, war es, als würde sie nach Monaten in der Wüste den ersten Schluck Wasser zu sich nehmen. *So* fühlte es sich an, nach Hause zu kommen. Es war ihr egal, dass er ein Außerirdischer war, dass seine Zunge leicht spitz war und seltsame Rillen aufwies oder dass sein Körper mit den faszinierendsten Mustern übersät war, die sie je an jemandem gesehen hatte.

Ein entfernter Teil von ihr dachte, dass er seltsam hätte schmecken müssen. Keiner von Rus Bausteinen stammte von der Erde. Er hatte noch nie einen Apfel gegessen oder eine Katze gestreichelt. Aber als ihre Zunge seine berührte, hätte sich nichts vertrauter anfühlen können, mehr wie zu Hause. Es war nicht so, dass er etwas war, das sie kannte, es war so, dass er alles war, was sie brauchte.

Ihre Finger umklammerten seine Schultern und gruben sich tief ein.

Ru schob eine Hand unter ihren Oberschenkel, bis sie ihre Beine um seine Taille schlang, so dass er ihr ganzes Gewicht trug. Sie schmiegte sich an ihn und drückte ihn fest an sich, während seine Lippen die ihren verschlangen. Das war nicht wie das Küssen eines menschlichen Mannes. Seine Zunge hatte diese köstlichen kleinen Furchen und seine Zähne waren etwas zu spitz.

Er drückte sie gegen die Wand und überließ der Wand die meiste Arbeit, um sie auf ihrem Platz zu halten. Aber selbst zehn Pferde hätten Lis nicht von ihm wegzerren können, nicht jetzt, nicht wenn sie vor Verlangen brannte und es mehr als nur genoss,, wie seine Zunge mit ihrer spielte.

Als er versuchte, sich zurückzuziehen, tauchte Lis wieder in ihn ein und drückte ihn fest an sich. Sie spürte die wachsende Härte seines Schwanzes an ihrem Bauch. Ihr Inneres krampfte sich zusammen und sie wusste, dass sie im Innersten feucht war. Es würde nicht viel Mühe kosten, aus ihrer Kleidung zu schlüpfen und ihn in sich aufzunehmen.

Gott im Himmel, sie sehnte sich nach ihm.

Sie wölbte ihre Hüften nach oben und rieb sich an ihm, ihr empfindlichstes Fleisch an seinem. Ru stöhnte auf und biss leicht auf ihre Lippe und zog daran. Lis setzte einen Fuß auf den Boden und versuchte, etwas mehr Gleichgewicht zu finden, aber das brachte sie nur in engeren Kontakt mit ihm.

Warum war sie in diesem Moment nicht nackt?

Ru küsste ihren Kiefer hinunter und dann weiter

zu den schnell pochenden Gefäßen in ihrem Nacken. Seine Finger legten sich auf die Wölbung ihrer Brust und sie biss sich auf die Lippe, um nicht zu stöhnen, als er über das empfindliche Fleisch strich.

„Gefällt dir das?", fragte er mit heiserer, lustvoller Stimme.

Lis ließ dem Stöhnen freien Lauf und konnte kaum noch „Ja" sagen.

„Du bist hier empfindlicher, nicht wahr?" Erst als er das fragte, wurde ihr klar, dass er noch nie mit einem Menschen geschlafen hatte.

Lis griff nach oben und legte ihre Hand auf die seine. „Hier ist es empfindlich", bestätigte sie. Und dann führte sie seine Hand tiefer, bis seine Finger ganz sanft die Verbindung ihrer Schenkel berührten. „Und *sehr* empfindlich hier."

Das Rot von Rus Augen verdunkelte sich zu fast Schwarz, als er sanft mit einem Finger über sie strich. Einen Moment lang dachte Lis an die Krallen, die er jeden Moment hervorholen konnte, aber sie hatte keine Angst. Sie wusste im Grunde ihres Herzens, dass Ru ihr nichts antun würde.

Sie dachte, er würde gleich auf die Knie sinken, um ihr Vergnügen zu bereiten, aber stattdessen zog er sanft an ihrer Hand und führte sie durch den Raum, wo er sie auf das Bett legte.

„Lass mich dir einen Vorgeschmack darauf geben, was wir sein könnten", sagte er.

Lis wusste nicht, was das *„wir"* in diesem Satz bedeutete, aber alles, was sie interessierte, war der *Geschmack.* „Mach, was immer du willst", antwortete sie und öffnete den Knopf über dem Reißverschluss ihres Overalls.

Er entblößte sie, Zentimeter für Zentimeter. Und es dauerte nicht lange, bis sie aus dem Oberteil und aus dem Unterhemd heraus war, und ihre Brüste vor ihm entblößt waren. Seine Hände strichen zart über die Haut ihres Bauches, und Lis war sich weder der Wölbung ihres Bauches noch der Rundung ihrer Hüften bewusst.

Ru sah *heißhungrig* aus.

Er beugte sich hinunter und presste seine Lippen auf die Haut über ihrem Nabel, ließ seine Zunge über das weiche Fleisch streichen. Lis zitterte unter ihm, ihre Beine spreizten sich unbewusst weiter, um ihm Platz zu machen, wo er sich zwischen sie kniete. Er küsste und leckte eine gerade Linie von ihrem Bauchnabel bis zu ihrer Brust und hörte erst auf, als er auf die weichen Erhebungen traf, die sich ihm in den Weg stellten.

„Sind die immer so groß?" Er schaute zu ihr auf, als er das fragte.

Lis grinste, und das besitzergreifende Verlangen

in seinen Augen ließ sie sich gegen die weichen weißen Laken stemmen. „Menschliche Frauen gibt es in allen Größen. Aber ich bin ein bisschen ... kurviger als die meisten."

„Ich liebe deine Kurven." Er sprach mit nackter Ehrlichkeit und bewies seinen Standpunkt, indem er die Spitze ihrer Brust in seinen Mund nahm und vorsichtig über das weiche, empfindliche Fleisch leckte.

Die scharfen Spitzen seiner Zähne kratzten leicht an ihrer Haut und schickten ein warnendes eisiges Kribbeln über ihre Schultern. Es schmolz zu einer Pfütze aus heißem Wachs, als Rus Finger tiefer glitten, in den Saum ihres Overalls eintauchten und sich über die zarten Falten ihres Geschlechts legten.

Ja, sie wollte aufschreien. Aber ihre Worte wurden plötzlich von der Supernova gefangen, die irgendwo aus ihrer Brust hervorbrach. Ihr Herz entfaltete sich, während sich ihre Beine spreizten und ihr Geschlecht sich nach der Erfüllung sehnte, die nur Rus Finger — oder sein Schwanz — ihr bereiten konnten. Sie war eine begierige Sklavin, die auf eine Weise begehrte, von der sie nicht wusste, dass sie so begehren konnte.

Und dann strichen seine Finger über die feuchte Hitze ihres Geschlechts, und Lis gab es auf, an etwas anderes zu denken als an die Empfindungen, die er ihr bescherte. Ru war ein guter Beobachter, der auf jeden ihrer Atemzüge und jedes kleine Keuchen achtete.

Als seine Finger ihre Klitoris fanden, umkreiste er sie und wiederholte die Bewegung immer wieder, während sie ihre Hüften gegen ihn wölbte und versuchte, mehr Kontakt herzustellen. Und er gab und gab, flüsterte ihr Worte in einer Sprache zu, die sie nicht verstehen konnte. Sie brauchte sie auch nicht zu verstehen. Sie sprachen jetzt eine Sprache jenseits der Worte.

Seine Augen glühten förmlich, als er sie wie eine Art wildes Raubtier anblickte. Vielleicht hätte diese Intensität sie erschrecken sollen, aber sie steigerte nur noch ihr Verlangen nach ihm. Der Schweiß rann ihr in Strömen und sie konnte kaum noch Luft holen, während er sie wie ein fein gestimmtes Instrument spielte.

Ru tauchte einen Finger in sie ein und dann noch einen, sein Daumen rieb immer noch an dem Knoten der Lust in ihrem Zentrum.

„Bitte", wimmerte Lis, und wusste nicht, was genau sie wollte.

Ru zuckte hoch, seine Augen waren wie Zwillingsflammen. „Lass los, Denya", befahl er und fügte einen dritten Finger hinzu, der sie dehnte und bereit für ihn machte.

Lis zerbrach, verkrampfte sich um ihn herum. Ihre Gedanken verschwanden, als die Lust sie ergriff, angetrieben von Rus Händen und dem ruppigen Befehlston seiner Stimme. Sie bäumte sich auf, ihr Körper zuckte, als seine unnachgiebigen Hände sie zu einem zweiten Orgasmus brachten, direkt nach dem ersten.

Das war zu viel, und Lis schrie auf, was in einem Stöhnen endete, das Ru mit seinen Lippen auf den ihren einfing.

Erst als sie bebte und kleine Geräusche überdosierter Lust von sich gab, begann er Gnade walten zu lassen, nahm seine Finger weg und streichelte sie leicht, um die Lust wieder auf ein erträgliches Maß zu bringen.

Mit seinen Lippen auf den ihren hätte Lis das Atmen schwer fallen müssen, aber allmählich kam sie von dem Hochgefühl herunter. Aber sie konnte nicht aufhören, ihn zu küssen, seine Zunge an ihrer zu schmecken und seine Wange in ihrer Handfläche zu spüren.

Das war nicht nur Sex. Nicht, wenn sie sich in seinen Armen so sicher fühlte. Nicht, wenn sie das Versprechen, das in Rus Berührung lag, fast glauben konnte.

„Du denkst nach", rügte Ru, als er sich zurückzog. Im schummrigen Licht des Raumes hätte sie ihn fast für einen Menschen halten können, wären da nicht diese Augen gewesen. Seine Wangenknochen waren aus purem Granit, aber die Neigung seines Mundes zu einer Seite verriet ihr, dass er sie nur necken wollte.

„Nur über dich", versprach sie. Sie hob Rus Hemd hoch, bis er ihre Absicht erkannte und es selbst auszog. Dann drückte sie ihre Hand flach auf seine nackte Brust, ihre Finger fuhren über die untere Linie seiner Markierungen. „Dreh dich um."

Obwohl sie wusste, dass er ihren Befehlen nicht immer Folge leisten würde, folgte er diesem, bis er derjenige war, der verwundbar auf dem Rücken lag. Die Schwellung seiner Erektion drückte fest gegen seine Hose.

„Ich muss dich spüren", sagte sie und merkte erst, wie bedeutsam das Geständnis war, als sie es ausgesprochen hatte.

Aber Ru drängte nicht nach mehr. Er gab sich ihr völlig hin. „Ich gehöre ganz dir."

Sie setzte sich neben ihm auf und war sich bewusst, dass ihre Brüste frei aus ihrem Overall hingen. Anstatt den Reißverschluss wieder zu schließen, schob sie die Ärmel herunter, bis sie halb-nackt war. Lis erschauderte angesichts des Feuers in seinen Augen. Sie war immer noch hungrig nach ihm, wollte ihn immer noch in sich vergraben, aber irgendetwas hielt sie davon ab, sich vollständig auszuziehen und diesen Schritt zu tun.

Wenn diese Grenze überschritten wurde, gab es kein Zurück mehr. Sie wusste, dass dies alles verändern würde.

Aber sie konnte ihm genauso viel Vergnügen bereiten, wie er ihr bereitet hatte. Das war schließlich nur fair. Und sie wollte ihn nackt und keuchend unter ihren Fingern haben.

Sie war vorsichtig, als sie den Verschluss seiner Hose öffnete. Rus Schwanz löste sich aus seiner Gefangenschaft und Lis musste sich bei seinem Anblick ein Stöhnen verkneifen, während sie ihm die Hose bis zu den Knien herunterzog.

Sein Schwanz ragte stolz aus einem Büschel dunkler Haare heraus. Er hatte dieselbe grünliche Farbe wie der Rest seiner Haut, aber die Markierungen, die seine Brust und seine Schultern bedeckten, tauchten hier wieder auf und bedeckten ihn vom Ansatz bis zur Spitze. Sie fuhr mit dem Finger an ihm entlang und entdeckte, dass jede dieser Markierungen tatsächlich weiche Rillen waren.

Ihre Muschi krampfte sich zusammen, als sie sich ihn in ihr vorstellte.

Ru zischte und stemmte seine Hüften nach oben, als sie die Bewegung wiederholte.

Sie blickte zum Kopfende des Bettes und sah,

wie er sich mit den Händen am Kopfteil festklammerte, während sie mit ihm spielte. „Gefällt dir das?“, fragte sie.

Das „Ja“, das über seine Lippen kam, war mehr ein gutturaler Fluch als eine Ermutigung, aber sein hinzugefügtes „Hör nicht auf“ lies Lis weitermachen. Sie liebte die Macht, die sie im Schlafzimmer haben konnte, und sie liebte es, dass er sich ihr so hingab.

Sie legte ihre Finger um ihn, ihre Faust konnte sich nicht ganz um seine Länge schließen. Er war heißes Eis und weicher Stahl, dick und schwer in ihrer Handfläche. Und als sie ihre Faust auf und ab bewegte, wusste sie, dass er sich nur mit größter Mühe beherrschen konnte, nicht aufzuspringen und sie zu nehmen.

Jede seiner Bewegungen faszinierte sie, und als sie sah, wie er sich auf die Lippe biss, um zu verhindern, dass ein Stöhnen diesen erstaunlichen Lippen entwich, bewegte Lis ihre Hand schneller und brachte ihn immer näher an den blendenden Punkt der Lust.

Sein Kopf neigte sich nach hinten und er atmete ein, und sie sah, dass er versuchte, nicht zu kommen, dass er versuchte, durchzuhalten. Aber hier ging es darum, ihm Vergnügen zu bereiten, nicht um Durchhaltevermögen. Nicht, wenn sie für den Moment bereits gesättigt war. Und Lis wollte ihn verzweifelt und befriedigt unter ihren Fingern haben.

Mit einem Schrei kam er und explodierte in ihrer Hand, seine Krallen kamen hervor und rissen die Laken auf. Mit einem Stöhnen bäumte er sich auf und sank ins Bett, seine Muskeln entspannten sich, als ihn die Lust übermannte.

Lis beobachtete ihn und wusste, dass er soeben zu ihrem liebsten Studienobjekt geworden war. Sie wischte ihre Hand an den Laken ab und rollte sich neben ihm zusammen. Ru drehte sich zu ihr und zog sie in seine Arme.

Sie konnte seinen Herzschlag spüren, obwohl sich sein Herz nicht genau an der gleichen Stelle im Körper befand wie ihres. Aber der Rhythmus fühlte sich richtig an und beruhigte Lis, selbst als ihre eigenen Gedanken begannen, sich zu drehen und zu wenden. Sie war nicht mehr in Ru verliebt.

Nein, sie liebte ihn. Jetzt musste sie nur noch herausfinden, was das für ihre Zukunft bedeutete. Denn sie hatte keine Ahnung, wie sie ihn loslassen konnte.

14

KAPITEL VIERZEHN

N ACH EINER ZWÖLFTÄGIGEN R EISE ERREICHTEN L IS UND Ru die Honora-Station. Ru platzte aus allen Nähten vor Energie, als sie in einer der Mechanikerhallen andockten. Das Schiff musste erst in die Warteschleife, bevor sich jemand um die Reparatur der Schäden kümmern konnte, die die Treffer an der Hülle verursacht hatten, aber er versicherte ihr, dass die Reparatur nicht länger als eine Woche dauern würde.

Als sie das Schiff verließen und in die Mechanikerstation kletterten, konnte Lis ihre Augen nicht nur auf eine Sache richten. Sie war auf einer echten Raumstation! Sie hatte nur Videos und Fotos von den Stationen in der Nähe der Erde gesehen.

Diese Station sah ganz anders aus. Die Seoul Station, die geschäftigste und technologisch fortschrittlichste Station in der Nähe der Erde, bestand aus geraden Linien und bunten Farben. Eine ihrer Lieblings-Videoserien spielte auf der Station, und sie schien halb Vergnügungspalast und halb High-tech-Wunderland zu sein.

Die Reparaturstation auf Honora war offensicht-lich über die Jahre zusammengeschustert worden, gebaut, umgebaut, erweitert und verkleinert, je nachdem, wie das Verkehrsaufkommen in diesem Sektor schwankte. Metall in einem halben Dutzend verschiedener Farbtöne zierte die Wände, an denen Werkzeuge und Verbrauchsmaterial an dunklen Kabeln hingen. Sogar die Luft roch leicht metallisch. Die Decke reichte weit mehr als hundert Meter in die Höhe, wo sie zu einer Luftschleuse geöffnet werden konnte, durch die die Schiffe ein- und ausfliegen konnten, wie sie und Ru es gerade getan hatten.

So etwas hatte sie noch nie gesehen. Nicht in natura.

Ihr Blick fiel schließlich auf Ru, der beobachtete, wie sie alles in sich aufnahm. „Ich muss mich darum kümmern, ein Ersatzteil von einem alten Freund zu beschaffen." Er hielt einen Haufen geschmolzenes Metall und Drähte hoch, die er aus dem Maschinenraum geholt hatte. Es schien der Grund zu sein, warum das Navigationssystem nicht funktionierte. „Möchtest du mir Gesellschaft leisten?", fragte er.

„Wenn es dir nichts ausmacht, sehe ich mich ein wenig um. Ich bin das erste Mal auf einer Raumstation." Sie musste herumlaufen. Sie befanden sich immer noch in künstlicher Schwerkraft, aber nicht einmal der Holoplayer konnte die Wege nachahmen, die sie auf dieser Station gehen konnte. Es gab kilometerlange Gänge und viele Geschäfte. Zum ersten Mal seit mehr als einer Woche würde sie sich richtig ausstrecken können.

Ein kleiner Teil von ihr, so winzig, dass sie den Gedanken kaum registrierte, flüsterte ihr zu, dass sie jetzt einfach weggehen könnte, ohne sich noch einmal umzudrehen. Es gab nichts, was sie aufhalten konnte.

Nichts außer ihrem Herzen.

Rus Augen wurden etwas dunkler und er lächelte, aber es lag Wehmut darin. „Sehe ich dich später?", fragte er hoffnungsvoll.

Lis nickte: „Sicher. Das wäre schön." Sie gab ihm eine kurze Umarmung und einen Kuss, bevor sie den Hauptgang hinunterging, um sich umzusehen.

Sie war schon einige Meter weit gekommen, als ihr klar wurde, dass sie nicht besprochen hatten, wo oder wann sie sich treffen wollten. Lis drehte sich um, um Ru etwas zuzurufen, aber er war nicht da.

Einen Moment lang fühlte sie sich verloren, plötzlich losgelöst von dem Mann, der die Quelle ihrer Schwerkraft geworden war.

Sie wollte sich sofort wieder umdrehen und ihn suchen. Aber Lis zwang sich, stehenzubleiben. Dies war das erste Mal, dass sie wirklich allein war, seit sie Ru getroffen hatte. Sie musste sich ein wenig Zeit nehmen, auch wenn es nur ein paar Stunden waren, um ihre Gedanken zu ordnen.

Der Gang endete an einer Doppeltüre die sich öffnete, als sie die Hand über die Sensortafel an der Wand bewegte. Lis bog nach rechts ab und ging in die Richtung, in der sie eine Menschenmenge hören und weitere Lichter sehen konnte. Auf der Honora-Station war sie nicht in Gefahr. Ru hatte ihr gesagt, dass sie sogar ihren Blaster — seinen Blaster, genau genommen — auf dem Schiff zurücklassen konnte. Aber sie ließ ihn an ihrer Seite angeschnallt. Vielleicht war es sicher, aber sie wollte kein Risiko eingehen.

Der zweite Gang führte sie in einen hellen Raum, der mit Menschen und Geschäften gefüllt war. Es sah aus wie ein Basar im Weltraumzeitalter. Einige wenige feste Geschäfte befanden sich in Büros entlang der Wände des riesigen Raums, aber der größte Teil der Menschen hielt sich in Zelten und an den Ständen, die überall verteilt waren, auf. Es gab zwar Gehwege, aber sie verliefen in geschwungenen Linien, die eher an einen Fluss als an eine Straße erinnerten.

Und alles war fremd. Lis ging umher, ihre Augen huschten von Spezies zu Spezies, sie bemerkte die Unterschiede und versuchte, die Leute und Kreaturen nicht anzustarren, die so anders aussahen als sie selbst. Sie hatte sich an Rus Fremdartigkeit gewöhnt, aber jetzt, wo sie Wesen mit vier Armen oder Tentakeln sah, die aus ihrer Brust herauskamen, fiel ihr auf, wie ähnlich er ihr wirklich war.

Lis wählte einen Weg und ging ihn entlang, wobei sie sich an jedem Stand, der ihr ins Auge fiel, Zeit ließ. Eine rosafarbene Frau mit leuchtenden Augen bot ihr ein Stück eines leckeren, glitzernden Kuchens an. Lis nahm ihn und schluckte ihn ganz hinunter, wobei sie lachte, als er in ihrem Mund knisterte und blubberte.

Auf dem Marktplatz eröffnete sich ihr eine völlig neue Welt, die sie sich als kleines Mädchen im Waisenhaus ausgemalt hatte, aber nie geglaubt hatte, so etwas je zu sehen. Sie entdeckte Dutzende von verschiedenen Außerirdischen, von denen einige zu versuchen schienen, Leute für ihre Schiffsbesatzung anzuheuern.

Sie könnte auf jeden von ihnen zugehen und

fragen, ob er sie von hier wegbringen würden. Weg von ihrem alten Leben.

Und weg von Ru.

Es fühlte sich so grundlegend falsch an, es auch nur zu denken, dass sie sich regelrecht dazu zwang, es genau zu durchdenken. Sie konnte nicht zulassen, dass Kameradschaft und ein paar ordentliche — nun ja, absolut umwerfende — Orgasmen bestimmten, was sie für den Rest ihres Lebens tat.

Lis sah sich mehrere der Zelte genauer an. In einem sprach ein Außerirdischer, der ein wenig wie ein zweibeiniges Nashorn aussah, mit zwei Außerirdischen, die jeweils vier Beine hatten und fast wie Zentauren aussahen, nur dass ihre Beine mit Schuppen und nicht mit Fell bedeckt waren. Es gab auch eine Versammlung von Außerirdischen, die wie die rosa Frau aussahen, der ihr den Kuchen geschenkt hatte. Sie unterhielten sich mit einer Person, die fast zwei Meter groß und vollständig mit einem dunklen Umhang bedeckt war.

Aus dem Augenwinkel heraus glaubte sie, die charakteristische dunkelgrüne Haut zu sehen, die sie bei den Polai gesehen hatte. Aber als sie den Kopf drehte, war das, was sie zu sehen geglaubt hatte, verschwunden.

Hier gab es keine Polai. Sie verließen ihren

Planeten nicht. Sie würden ihr und Ru nicht über Lichtjahre hinweg folgen. Warum sollten sie auch?

Sie zwang sich, sich wieder ihrer Entscheidung zuzuwenden. Die Polai waren nur ein Ablenkungsmanöver ihres Verstandes, um sie von dem Gedanken abzulenken, Ru zu verlassen.

Sie könnte es wirklich tun. Wahrscheinlich rechnete er halb damit. Sie hatte seinen traurigen Blick gesehen. Ein Teil von ihm glaubte nicht, dass er sie jemals wiedersehen würde. Sie brauchte nur zu einem der Leute zu gehen, die eine Crew rekrutierten, und sich zu melden. Sie brauchte Ru nicht, um nach Hause zu kommen. Sie musste nicht einmal zur Erde zurückzukehren, wenn sie nicht wollte.

In diesem Moment war sie völlig frei. Sie musste nur die Entscheidung treffen.

„Menschenmädchen!" Das Geräusch, wie jemand nach ihr rief, rüttelte Lis aus ihrer Benommenheit auf. Sie schaute sich um, bis ihr Blick auf zwei menschliche Frauen fiel, die sie vorher nicht bemerkt hatte. Die eine war nicht ganz zwei Meter groß und sah aus, als könnte sie ein Haus hochheben. Ihre zierliche Partnerin saß auf einem Stuhl und hatte die Füße auf einen kleinen Tisch gelegt. Da ihr Übersetzer auf ihrer Haut surrte, wusste sie, dass sie kein Englisch sprachen. Nach ihrem

Äußeren zu urteilen waren sie wahrscheinlich Koreanerinnen.

Lis bemerkte, dass sie schon seit einiger Zeit mitten auf dem Weg gestanden hatte. Sie eilte zu den beiden Menschenfrauen hinüber. „Es ist schön, jemanden von zu Hause zu sehen."

Die muskulöse Frau beäugte sie und sagte: „Die Honora-Station ist ein bisschen abgelegen für einen Grounder wie dich."

„Grounder?" Lis hatte den Begriff noch nie gehört.

„Du bist zum ersten Mal im Weltraum", erklärte die andere Frau, ohne sich die Mühe zu machen, aufzustehen.

„Ist es so offensichtlich?" Lis wollte lachen. Sie hatte wohl alles angestarrt wie ein kleines Kind.

Beide Frauen lächelten und die, die vor ihr stand, sagte: „Ja." Aber sie bot an: „Bitte, trink einen Tee mit uns."

„Wer ist ‚wir',?", fragte sie.

„Ich bin Sung Mi", sagte die große Frau. Sie deutete auf die andere, die auf dem Stuhl saß. „Das ist Bitna." Sung Mi wies auf zwei leere Stühle und wartete, bis Lis Platz genommen hatte, bevor sie eine kleine Teekanne aus einem Ablagefach in ihrem Tisch holte.

„Ich bin Lis. Lis Jaynx."

„Du bist Amerikanerin?", fragte Bitna. Nachdem Sung Mi ihr einen Klaps auf die Füße gegeben hatte, setzte sie sich schließlich auf und stellte die Füße auf den Boden.

„Ja, aus den Öd… aus Ohio." Niemand wusste von den Ödlanden, wenn er nicht aus dem Mittleren Westen kam. Sie bezweifelte, dass die meisten Menschen außerhalb der Staaten überhaupt wussten, wo Ohio lag.

„Wir sind auf der Seoul Station stationiert", sagte Sung Mi, während sie drei Tassen hinstellte und den Tee einschenkte.

„Wow! Ich habe sie in Videos gesehen. Das ist so cool." Sie musste wie ein Landei wirken auf Leute, die auf einer Weltraumstation arbeiteten.

„Wie bist du hier gelandet?" fragte Bitna. „Menschen machen keinen Urlaub auf Honora."

Sie hatte nicht vorgehabt, ihnen alles zu erzählen. Eigentlich hatte Lis nur ein paar nette Worte sagen wollen und eine *stark* gekürzte Version der Ereignisse anbieten wollen. Aber als sie zu reden begann, sprudelte es nur so aus ihr heraus. Sie erzählte, dass sie von Unbekannten von der Erde entführt und auf Polai ausgesetzt worden war. Einige Dinge über Ru behielt sie für sich, aber nur, weil es etwas Privates war, und sie sich nicht ganz sicher war, was es bedeutete.

„Und er ist ein Detyen oder was auch immer, und ich bin ein Mensch", sagte sie und beendete ihren Redefluss. „Also weiß ich nicht einmal ..." Sie konnte den Gedanken nicht zu Ende führen.

Bitna Augen verengten sich. „Detyen?", fragte sie. „Sind das diese Spinner, die sterben oder so, weil sie nicht ficken?"

„Was?" Lis musste sie falsch verstanden haben, denn Ru hatte nie *so etwas* erwähnt.

Sung Mi schüttelte den Kopf. „Nein, das sind die Kantans."

„Das glaube ich nicht", Bitna blieb standhaft.

„Wovon redet ihr da?" Lis wandte den Blick ab und versuchte, einen klaren Kopf zu bekommen. In der Ferne glaubte sie einen Polai zu sehen, aber als sie versuchte, ihn in der Menge ausfindig zu machen, war er nicht mehr da.

Bitna hob eine Hand und lenkte Lis' Aufmerksamkeit wieder auf sie. „Nein, ich erinnere mich. Einer hat für die Reise nach .... wohin auch immer... angeheuert." Sie tauschte einen Blick mit Sung Mi und sagte nichts darüber, wo sie gearbeitet hatten. „Er war sehr traurig, weil er seine, er hatte so ein komisches Wort dafür, nicht gefunden hatte. Denda oder so."

„Denya?" fragte Lis, und in ihrem Magen bildete sich ein Knoten.

Bitna schürzte die Lippen und nickte. „Klingt richtig."

Lis erinnerte sich an seine wenigen Notvorräte und an seine unbekümmerte Haltung beim Thema, sie wieder aufzufüllen. Sie hatten stundenlang über ihre Vergangenheit gesprochen, aber jedes Wort, das er über seine Zukunft verlor, war vage gewesen. Lis hatte es damals nicht bemerkt, aber er hatte wie ein Mann ohne Zukunft gesprochen.

„Warum sterben sie?", fragte sie.

Die Frauen zuckten mit den Schultern. „Warum altern die Menschen?" fragte Sung Mi, „Das ist alles seltsames Evolutionszeug."

Lis musste mit Ru sprechen. Sie musste ihn sofort finden und verlangen, dass er ihr alles erzählte. Würde er bald sterben, weil sie die Verbindung mit ihm nicht eingegangen war? Wollte er ein dummes Opfer bringen, weil sie ihm nicht gesagt hatte, dass sie ihn liebte?

Aber Sung Mi bemerkte die Veränderung in Lis Tonfall nicht. „Kannst du arbeiten?", fragte sie.

„Ja. Warum?" Lis musste gehen, aber sie wollte die einzigen Menschen, die sie seit Wochen gesehen hatte, nicht einfach unhöflich stehen lassen.

„Weil einer unserer Besatzungsmitglieder beschlossen hat, das Schiff zu verlassen, um auf einem Schiff mit einem anderen Ziel anzuheuern", sagte Sung Mi. „Wir kommen nahe genug an der Erde vorbei, dass wir dich nach Hause bringen können. Wenn du bereit bist, für die Kosten der Reise zu arbeiten.“

Lis antwortete nicht. Sie konnte nicht. Nicht bevor sie Ru gefunden hatte.

15
KAPITEL FÜNFZEHN

Lome war seit fast fünfzig Jahren Eigentümer der Werkstatt auf der Honora-Station. In besseren Zeiten waren er und seine Denya ein eingespieltes Team gewesen, das Schiffe reparierte und gebrauchte Teile an Reisende verkaufte, die sie brauchten. Ru hatte einen großen Teil seiner Kindheit in dieser Werkstatt verbracht, wenn seine Tante oder sein Onkel auf der Durchreise auf Honora waren.

Und jetzt war er hier ganz allein mit einem kaputten Konverter und betete, dass der Mann ihm nicht die Tür vor der Nase zuschlug.

Er hatte die Begegnung so lange wie möglich hinausgezogen, nachdem er und Lis sich getrennt hatten. Aber die Übergabe des Pakets von Polai an seinen Makler, Munq, hatte nur eine Stunde gedauert. Trotzdem war Ru noch einige Minuten länger geblieben, als Munq ihm einen Auftrag anbot, einen Agenten des Oscavianischen Imperiums von einem feindlichen Planeten zu holen. Aber das war ein Job für zwei Personen, und es würde Monate dauern, ihn durchzuführen.

Vor zwei Wochen hätte er sofort Nein gesagt. Oder besser gesagt, er hätte sich den Vorschlag gar nicht erst angehört. Jetzt hatte er Optionen, so wackelig sie auch waren. Er hatte ... Hoffnung. Der Teil von ihm, der die Hoffnung auf ein Leben jenseits der Dreißig schon lange aufgegeben hatte, wollte auf das nächste Transportschiff nach Hedonia springen und seine Pläne wie vorgesehen ausführen.

Aber der Gedanke, mit jemand anderem als Lis zusammenzusein, stieß ihn ab. Sie war *seine* Denya, und er gehörte ihr vollkommen. Selbst wenn dies das Ende war.

Ru betrat den Laden und sah, dass er Lome erschreckt hatte, der hinter einem hüfthohen Tresen stand und an der Verdrahtung einer Platine arbeitete. Lome war groß und breit, seine Haut war von einem satten Blaugrün, und obwohl er auf die Neunzig zugehen musste, sah er nicht einen Tag älter als dreißig aus. So war das nun einmal bei Detyens, die eine Gefährtin hatten. Selbst bei solchen wie Lome.

Nachdem er sich von dem kurzen Schreck erholt hatte, legte Lome sein Werkzeug beiseite und richtete sich auf. „Das ist ein Gesicht, das ich nie wieder zu sehen erwartet hätte", sagte er.

Er trat hinter dem Tresen hervor und legte eine Hand auf Rus Schulter. Ru umarmte ihn. Lome war wie ein Onkel für ihn. Es war schön, die Familie zu sehen. Und er hatte nicht übertrieben. Als Ru das letzte Mal ging, hatte er erwartet, dass es ein Abschied für immer sein würde.

„Ich hatte ein paar Schwierigkeiten „, sagte Ru, obwohl das eine Untertreibung war.

Lome klopfte Ru mit der Hand auf den Rücken und ließ ihn los, ein breites Lächeln auf dem Gesicht. „Wieder irgendwelche Kriege angefangen?"

Keiner schien das *je zu vergessen*. Bei den Göttern, er hatte nur seinen Job gemacht. „Das war ein einziges Mal", sagte er, „und es war eigentlich eher ein Familienstreit." Es waren keine Planeten zerstört worden, und am Ende war alles gut gegangen.

Lome schüttelte den Kopf und lehnte sich gegen den Tresen. „Und was führt dich hierher?", fragte er.

„Der Konverter ist bei meinem letzten Job durchgebrannt." Ru hielt das Kabelwirrwarr hoch, das er aus der Mittelkonsole im Cockpit gezogen hatte. „Ich brauche einen Ersatz."

Lomes Augenbrauen schossen in die Höhe. „Ich

habe noch nie gehört, dass ein Konverter durchgebrannt ist."

Das war das Problem mit der Familie. Sie stellten immer Fragen und machten unangenehme Beobachtungen. „Na ja", räumte Ru ein, „er hat einen Treffer abbekommen?"

„Du bist ein verdammter Narr, Junge." Das Lachen verschwand aus Lomes Gesicht, und nun stand er vor Ru wie ein Detyen-Älterer, der einem jungen Mann, der seine Gefährtin noch nicht gefunden und nicht mehr lange zu leben hatte, zurechtwies. „Glaubst du, du kannst deine letzten Monate verschwenden, nur weil dir nicht mehr viel Zeit bleibt?"

Ru hörte die Angst und den Kummer. Es lag nicht nur daran, dass sie fast eine Familie waren. Mit jedem Leben, das durch diese idiotische Eigenart der Biologie ausgelöscht wurde, verloren sie eine weitere Hoffnung, ihren Platz als Volk wiederzuerlangen. Die Detyen waren am Aussterben.

„Lome ..."

„Nein." Lome wedelte mit den Armen vor sich herum, als könnte er eine Mauer errichten, um Ru nicht ansehen zu müssen. „Wir haben uns verabschiedet. Deine Tante kam vor nicht einmal zwei Wochen weinend hier an. Und deine Cousine, oh ho

..."

„Ich —" Er wollte nicht daran denken, dass Tante Gwy weinen würde oder dass Tabra eine Szene machen würde. Es war nicht seine *Schuld,* dass er kurz vor seinem Geburtstag stand, und er wusste nicht, wie er seinen Leute das Leid ersparen konnte.

Aber Lome war noch nicht fertig. „Wenn wir uns verabschieden, dann aus einem bestimmten Grund ..."

Ru musste das beenden. „Ich habe meine Denya getroffen", sagte er.

Lomes Augenbrauen schossen in die Höhe. „Wann? Wo? Wie? Wo ist sie? Warum bist du noch hier?" Die Fragen purzelten nur so heraus, zuerst aufgeregt, aber die letzte ging in Traurigkeit über. Lomes eigene Denya hatte sich vor langer Zeit aus dem Staub gemacht. Ru kannte nicht alle Einzelheiten und niemand sprach gerne darüber.

„Sie ist noch auf der Station. Glaube ich." Er würde es wissen, wenn sie nicht mehr hier wäre. Er würde es in seiner Seele spüren. Und trotz der aufkeimenden Zweifel in seinem Kopf wusste er, dass sie ihn nie verlassen würde, ohne sich zu verabschieden.

„Ruwen, wenn du nicht der Narr bist, für den ich dich gehalten habe, wirst du sie sofort finden und sie nicht aus den Augen lassen, bis sie anerkannt hat, dass du ihr gehörst. Sein Ton war todernst, und Ru wurde daran erinnert, warum er Lome nie als Gegner haben wollte

Aber er war kein Junge mehr. Und auch wenn er Lis liebte und sie mit jedem Atemzug begehrte, konnte er die Tatsachen ihrer Situation nicht ignorieren. „So einfach ist das nicht", wandte er ein. „Sie ist nicht ..."

„Interessiert an Männern?" Lome spottete: „Ich habe noch nie gehört, dass die Verbindung auf diese Art entsteht." Das hatte Ru auch nicht, denn es gab keine Denya-Verbindung, die sich dort bildete, wo Begehren und Liebe nicht möglich waren.

„Sie ist ein Mensch", sagte er klar und deutlich.

Lomes Augen weiteten sich und er beugte sich vor. „Ein Mensch?"

„Ja. Nicht Detyen. Und sie ist. ... Es ist kompliziert." Sie war Lichtjahre von zu Hause entfernt, von Fremden hierher gebracht und von ihm gerettet oder entführt worden. Er war sich nicht sicher, wie sie ihre gemeinsame Reise beschreiben würde. Menschen waren nicht wie Detyen. Sie verbanden sich nicht auf dieselbe Weise. Er hatte ihr vom ersten Kuss an sein Herz gewidmet, aber selbst jetzt, da sie ihre Lust aneinander fanden, hielt sie sich zurück.

Aber das waren keine Empfindungen, die er mit Lome teilen wollte.

Und Lome schien es nicht zu interessieren. „Willst du sie?", fragte er.

„Natürlich." Mit jedem seiner Atemzüge.

„Ist das Band wahrhaftig?"

„Ja." Sie war immer bei ihm, ein Schatten ihres Wesens, eine Präsenz in seinem Bewusstsein.

Lome nickte und Ru dachte, er sei zufrieden. Aber nach einem kurzen Moment stellte Lome eine letzte Frage. „Ist es dir wichtig, dass sie keine von uns ist?"

„Nein." Das Dementi kam schneller als jeder Gedanke. Lis war also ein Mensch, warum sollte das eine Rolle spielen. Sie war seine *Denya*, die einzige Person im ganzen Universum, die wirklich für ihn bestimmt war. Ehrlich gesagt war es ein Wunder, dass er der einzige Detyen war, der jemals seine Gefährtin außerhalb seiner Spezies getroffen hatte.

Lome sah ihn mit hochgezogener Augenbraue an und sagte nichts.

Und diese eine Augenbraue sagte alles. Ru war ein dreifach verdammter Narr, wenn er Lis diese Raumstation verlassen ließ, ohne um sie zu kämpfen. Er musste sie wissen lassen, dass er sie wollte, nicht wegen des Schicksals oder des Überlebens oder irgendetwas in der Richtung. Er brauchte sie, weil sie sein Atem war, und er würde alles tun, damit sie blieb.

Er legte sein kaputtes Teil auf den Tresen und sagte: „Ich komme in ein paar Tagen wieder, um den Konverter zu holen."

„Und du bringst deinen Menschen mit?" fragte Lome.

Ja, das würde er.

16

KAPITEL SECHZEHN

LIS LIEß DIE ANDEREN MENSCHEN ZURÜCK UND MACHTE sich auf die Suche nach Ru. Zuerst wollte sie zurück zum Schiff gehen, in der Hoffnung, dass er dort auftauchen würde. Doch als sie in die Halle vor dem Marktplatz einbog, meldete sich ihre Intuition und sagte ihr, sie solle nach rechts statt nach links gehen.

Sie hatte keinen Grund, darauf zu vertrauen, aber Lis spürte eine Art Sog, der aus dieser Richtung kam. Sie war sich absolut sicher, dass Ru dort war. Sie musste ihn nur finden.

Sie rannte instinktiv durch die Gänge und bemerkte kaum, wohin sie ging. Schließlich stolperte sie in eine kleine Bucht mit Läden, gerade rechtzeitig, um zu sehen, wie Ru aus einem der Läden trat und die Tür hinter sich schloss.

Der Rest der Leute in diesem Teil der Station

hätte genauso gut aufhören können zu existieren. Sie konnte spüren, wie sich das Universum verschob, wie sich die Achsen neu ausrichteten, bis es nur noch sie und ihn gab, verbunden durch etwas, das größer war als sie selbst.

Auf dem Schiff waren er und sie gegen das Universum angetreten. Sie hatte sich an seiner Seite geborgen gefühlt, aber alles, was sonst noch gewachsen war, war zu verworren gewesen. Jetzt, wo sie das Schiff verlassen hatte und die Aussicht auf eine Rückkehr zur Erde eine reale Möglichkeit darstellte, konnte sie beginnen, die Fäden der Gefühle, die sie durchliefen, zu trennen. Was sie nicht konnte, war, den Knoten in ihrem Herzen zu lösen, der sich mit jeder Sekunde, in der sie Ru ansah, enger zusammenzog.

Sein Mundwinkel hob sich zu einem Lächeln und er richtete sich auf, als er sie sah. Der Abstand zwischen ihnen löste sich auf, bis sie sich direkt gegenüberstanden. Ru legte seine Hand auf Lis Rücken und führte sie ein Stück den Weg hinunter, bis sie in einer kleinen Nische stehen konnten.

„Ich dachte, du wärst auf Erkundungstour", sagte er und zeichnete mit einem Finger spielerisch Kreise entlang ihrer Wirbelsäule.

„Zwei Frauen von der Seoul Station boten mir an, mich mit zur Erde zu nehmen." Die Worte kamen aus ihrem Mund, ohne dass sie darüber nachdachte. Aber sie konnte sie nicht für sich behalten, konnte ihn nicht anlügen.

Rus Hand ruhte auf ihrem Rücken. „Ich verstehe."

Lis lehnte sich an ihn, bevor er sich zurückziehen konnte, und sagte: „Ich will nicht gehen."

Seine Augen weiteten sich, die Iris leuchtete rubinrot auf. Er holte tief Luft und hob mit der freien Hand ihr Kinn zu seinem Gesicht hinauf. „Lis." Ihr Name kam ihm wie ein Gebet über die Lippen.

„Stirbst du?" Sie wollte es eigentlich vorsichtiger angehen, aber als sie so nahe bei ihm stand, seinen würzigen, männlichen Geruch aufnahm und die Wärme seiner Haut spürte, war alles nur zu real. Sie *konnte* ihn *nicht* sterben lassen. Sie wusste nicht, was sie in einem Universum tun würde, in dem er nicht existierte.

Sie konnte die Antwort in dem Moment in seinen Augen sehen, als sie fragte. Er erstarrte neben ihr, seine Finger gruben sich praktisch in ihre Hüfte. Und dann, ganz langsam, nickte er. „Wie hast du es herausgefunden?"

Lis legte ihre Hände auf seine Wangen und zog seinen Kopf nach unten, um mit ihren Lippen über seine zu streichen. Ihre Hände glitten zu seinen Nacken. Sie hielt ihn so fest, als würde die Kraft ihres Kusses ausreichen, um ihn in Sicherheit zu bringen, ihn am Leben zu erhalten. Sein Mund öffnete sich, und sie schmeckte seine Zunge, die seltsamen Furchen, die ihr so viel Lust bereitet hatten, waren ihr jetzt gleichzeitig fremd und vertraut.

Gott im Himmel, sie liebte ihn.

Sie wich zurück, als das Gefühl sie übermannte, und Tränen drohten zu fließen. Aber Emotionen würden sie nicht schwach machen, und Lis hatte mehr als genug Erfahrung darin, ihren Gesichtsausdruck zu kontrollieren.

Sie blieb eng an ihn geschmiegt und brauchte die Wärme seines Körpers mehr als die Luft. „Die Menschen, die ich getroffen habe, haben es erwähnt. Hättest du es mir je erzählt? Wie lang ...“ Sie konnte nicht einmal die zweite Frage beenden.

Ru strich ihr mit einer Hand über den Kopf und streichelte sanft ihr Haar. „Ich wollte dich nicht auf diese Art haben.“ Bevor der Stachel der Zurückweisung auch nur ansatzweise fühlbar wurde, fuhr er fort: „Ich möchte, dass du mich nimmst, weil du *mich* willst, nicht aus verdammtem Mitleid.“

Einen Moment lang fühlte Lis eine gewisse Ruhe in sich. Und dann brach der Damm und sie lachte, die Laute, die aus ihrem Mund kamen, waren voller Heiterkeit und kaum menschlich.

Aber Ru war besorgt. „Was? Habe ich etwas gesagt?"

Lis sog die Luft ein und versuchte, ihre Atmung unter Kontrolle zu bringen. Ihre Finger krümmten sich gegen seine Brust. „Du sagst es so, als ob es ein Opfer wäre, dich zu ficken", lächelte sie. „Ich will dich in mir spüren, seit unserer Zeit im Holoplayer, eigentlich schon vorher."

„Was willst du damit sagen, Lis?", fragte er mit einem rauen Flüsterton.

Die Worte, die Annahme, waren so einfach. „Ich sage, dass ich deine Denya bin."

Diese Worte lösten ein Feuer mit der Kraft von FTL-Triebwerken in ihm aus. Sie bewegten sich so schnell, dass Lis den Überblick verloren hatte, wie oft sie abgebogen waren. Als er sie einen abgelegenen Gang hinunterführte, dachte sie, er wollte einen Quickie, bevor sie dort hingingen, wo sie eigentlich hin sollten. Aber er führte sie zwei Treppen hinauf und einen weiteren Gang hinunter zu einer unscheinbaren Tür mit einem kleinen Schild daneben, auf dem IC-Nummern standen.

„Wo sind wir?", fragte sie, fast außer Atem.

Er schaute sie an und grinste. „Die Suite meiner Familie. Keiner von ihnen ist jetzt auf der Station, also haben wir sie ganz für uns allein." Und nach dem Feuer in seinen Augen und der Hitze in ihrem

Inneren zu urteilen, war klar, dass sie auf jeden Fall Privatsphäre brauchen würden.

Auf der Erde wäre der Raum vielleicht winzig gewesen. Aber nach Wochen auf dem Schiff und davor in einer winzigen Sklavenzelle eingepfercht, fühlte sich dieser Ort geradezu palastartig an. An einer Wand war eine kleine Küche, dahinter befand sich der Wohnbereich. An der gegenüberliegenden Wand erlaubten unechte Fenster den Blick auf eine simulierte ländliche Aussicht. Sie befanden sich zwar im Inneren der Raumstation, aber dem Blick aus den Fenstern nach, befanden sie sich auf einem sonnigen, grünen Planeten. Eine Schiebetür stand offen, und dahinter entdeckte Lis ein Bett, das mehr als groß genug für zwei Personen war.

Aufregung und Vorfreude machten sich in ihr breit.

Ru verringerte den Abstand zwischen ihnen, beugte sich über sie und klemmte sie zwischen der Tür und der harten Wand seines Körpers ein. In diesem Moment war er ein wenig wild, seine Augen waren voller tierischem Hunger, und die fast unsichtbaren Markierungen an den Rändern seines Haaransatzes wurden sichtbar, als die Lust in ihm wuchs.

„Sag es noch einmal", sagte er, die Worte ein schroffer Befehl.

Hitze kribbelte tief in Lis Inneren. Sie griff nach oben und fuhr mit ihren Fingern über seine Wange, bis sie die Spitze seines Ohrs erreichte, und beobachtete, wie er genüsslich einatmete, als ihre Finger über die empfindliche Spitze fuhren. „Ich bin deine Denya", sagte sie noch einmal, mit festerer Stimme als vorher, jetzt, wo sie allein waren und er sich über sie beugte, das Versprechen der Lust in seinen wilden Augen. „Und du gehörst mir." Sie zog seinen Kopf nach unten, zog sich aber nach einer Sekunde wieder zurück. „Du *bist* mein Denya, richtig? Das geht doch in beide Richtungen, oder?" Die Fragen sprudelten zwischen kurzen Küssen hervor.

Rus Lippen kräuselten sich auf den ihren. „Ich bin nicht der Typ, der teilt", gestand er. „Und ich könnte dich weder verraten noch etwas tun, was dir schadet. Ja, ich bin dein Denya. Das Band funktioniert in beide Richtungen."

Sie spürte, wie bei diesen Worten sich etwas fast Körperliches zwischen ihnen zusammenfügte. Vor Ru hatte sie nie über das Konzept einer Bindung nachgedacht. Es existierte einfach nicht. Niemand blieb ewig treu. Aber in diesem Moment wusste sie aus tiefster Seele, dass er ihr gehörte und sie ihm, und es gab nichts auf der Welt, was das hätte ändern können.

Das Denya-Band war schöner, als er es sich je hätte vorstellen können. Ru hatte nicht gewusst, dass es etwas Körperliches sein würde oder dass es zu erblühen beginnen könnte, bevor sie ihre Vereinigung vollzogen hatten, aber er konnte ein sanftes goldenes Licht sehen, das Lis in dem schummrigen Raum umgab. Das konnte nur ihr Band sein.

Er streckte die Hand aus und strich ihr eine Haarsträhne hinters Ohr, eine Welle der Zärtlichkeit überkam ihn. „Du bist mehr als schön", sagte er. Und das war sie auch. Das Denya-Licht beleuchtete ihr dunkles Haar und ließ es wie poliertes Gold erscheinen. Ihre geheimnisvollen, weichen braunen Augen waren plötzlich offen für ihn. Das Band gab ihm nicht die Macht, ihre Gedanken zu lesen, aber er konnte ihr Verlangen klar und deutlich sehen. Es war das gleiche Verlangen, das auch er spürte.

Es kostete ihn mehr Beherrschung, als er je zugeben würde, seine Finger sanft über ihre Schulter und zu ihrem Arm zu führen, wo er ihre Finger miteinander verschränkte. Er wollte ihr mit seinen Krallen die Kleider vom Leib reißen, bis sie nackt und keuchend vor ihm lag.

Sein Schwanz schmerzte, dick und hart vor Verlangen. Aber dies war ihre erste Vereinigung, der

Beginn ihres gemeinsamen Lebens, und er wollte das nicht durch eine übereilte, von harter Lust getriebene Verbindung entehren.

Das würde er sich für später aufheben.

Lis schien die Bodysuits, die ihre Kurven so umschmeichelten und die im Brasix-Konsortium beliebt waren, zu mögen. Die Menschen hatten sich dort niedergelassen, und die Moderichtungen entwickelten sich frei. Ru hatte vor, sich in den besten Bekleidungsgeschäften dort einzudecken, wenn sie dadurch weiterhin so vorteilhaft gekleidet war.

„Woran denkst du?" fragte Lis und ein kleines Lächeln umspielte ihre Lippen.

Ru beugte sich vor und küsste sie auf den Mundwinkel, er konnte nicht widerstehen. „Dein Outfit gefällt mir", sagte er.

Sie lachte. „Wirklich? Du denkst jetzt gerade an meine Kleidung?"

Ru griff nach dem Reißverschluss und zog ihn nach unten, bis die Spitzen ihrer Brüste fast herausschauten. „Auf meinem Boden würde es mir noch besser gefallen."

Sie keuchte, als er den Reißverschluss weiter herunterzog, bis ganz nach unten. Und als er sie an den Schultern drückte und ihr half, aus dem Overall zu steigen, leistete sie keinen Widerstand.

Und dann stand sie vor ihm, völlig nackt und atemberaubender, als er es sich hatte vorstellen können.

„Du bist ein bisschen overdressed, mein Lieber", sagte sie zu ihm, wobei ihr der liebevolle Name leicht über die Lippen kam. Aber sie hob ihre Finger zum Mund und fuhr darüber, als ob sie das Wort zurücknehmen könnte.

Ru trat dicht an sie heran und hob ihr Gesicht an, seine Finger lagen auf ihrem Kinn. „Halte niemals deine Worte vor mir zurück. Halte niemals etwas zurück. Nicht zwischen uns." Er würde seine Seele für sie hingeben, es gab keinen Grund für Mauern zwischen ihnen. Nicht mehr.

Sie ließ ihre Hand fallen und nickte, konnte sich aber nicht viel bewegen, weil er sie nicht losließ. „Ich ... das ist alles so neu für mich. Ich weiß nicht, wie das geht."

„Lügner", sagte er, während er sich zu ihr hinunterbeugte und ihre Lippen einfing, wobei er lächelte. „Ich habe deine Hände auf mir gespürt."

Einen Moment lang antwortete sie nicht, ihre Lippen waren mit dem viel intimeren Gespräch beschäftigt. Es gab keinen Grund für Worte, wenn der Geschmack eines jeden Atemzuges zwischen ihnen ausgetauscht wurde. Doch nach einem Moment legte sie eine Hand auf seine Brust, ließ sie zur Mitte hinuntergleiten und spürte den Schlag seines Herzens. Es schlug nur für sie.

„Nicht der Sex", sagte sie. „Ich habe noch nie eine Beziehung geführt. Nicht auf diese Weise, nicht mit so viel ..." Sie brach ab und konnte das Wort nicht finden.

Aber die primitive, besitzergreifende Seite von Ru fletschte die Zähne in einem tödlichen Grinsen, zufrieden damit, dass er der einzige Mann sein würde, dem sie jemals ihr Herz schenken würde. Er lehnte seine Stirn an die ihre. „Ich werde dich niemals betrügen", schwor er. „Du bist meine Denya, die eine Person, die ich über alle anderen stellen werde, bis ich nur noch Staub bin."

Ihr Mund öffnete sich in einem überraschten, stummen Keuchen, und nach einer Pause schluckte sie und sagte: „Gut." Er hörte das Versprechen in diesem Wort, all die Dinge, die sie nicht zu sagen wusste. Aber Ru drängte nicht. Es war nicht nötig, dass die Dinge sagte, von denen er wusste, dass sie wahr waren, nicht, wenn sie nackt vor ihm stand.

Sie griff nach unten und legte ihre Hand auf den Verschluss seiner Hose. „Du musst nackt sein", neckte sie ihn.

Er verschwendete keine Zeit. In einem rasanten Tempo entledigte er sich seiner Kleidung, und irgendwie landeten sie auf dem Bett. Lis lag auf dem

Rücken, als er auf sie zukam, in der Absicht, sie im ursprünglichsten Sinne des Wortes zu nehmen.

Sie lag vor ihm wie ein Festmahl, und Ru hatte vor zu schlemmen. Er nahm eine ihrer dunklen Brustwarzen in den Mund, saugte und leckte an ihr, bis sie stöhnte und sich unter ihm wand. Er konnte seine Hände nicht von ihr lassen, streichelte ihre Seiten und strich kleine Muster in ihr Fleisch.

Eine seiner Hände wanderte tiefer zum Ansatz ihrer Schenkel und glitt über die dunklen Haarlocken. Sie keuchte, als seine Finger die enge Knospe ihres Geschlechts fanden und er sie umkreiste, wobei er sich an den kleinen Geräuschen und Bewegungen orientierte, die sie machte.

Er hob seinen Kopf von ihrer Brust, um ihr Schlüsselbein zu küssen und seine Zähne sanft in die Haut ihres Halses zu versenken. Der Drang, zuzubeißen, sie auf die alte Art und Weise als sein Eigentum zu markieren, überkam ihn, aber er hielt sich zurück.

Noch nicht, sagte er sich. *Warte damit.*

Sie neigte ihren Hals zur Seite, um ihm mehr Raum zum Kosten zu geben, und Ru nutzte das aus, indem er mit seinen Lippen und seiner Zunge ihr empfindliches Fleisch neckte, während seine Finger sie immer näher an den Rand der Lust brachten. Sie war so feucht unter ihm, dass seine Finger glitschig waren. Er liebte ihre Reaktionen, liebte es, dass sie sich nicht zurückhielt, sich voll ausdrückte, während er sie liebte.

Er ließ einen Finger in sie gleiten, und sie stöhnte ein atemloses „Ja". Als er einen weiteren Finger hinzufügte, stockte ihr der Atem. Und als er anfing, sie in sie hinein und wieder heraus zu schieben, bewegte sie ihre Hüften mit ihm, während er sie öffnete.

Ihre Finger gruben sich in sein Haar und das Verlangen stieg in Ru auf, dessen Schwanz bereits kurz vor dem Platzen war. Die Hitze war wie ein rasendes Inferno zwischen ihnen. „Ich brauche dich", sagte er. „Ich muss in dir sein."

„Ja!", sagte sie. „Jetzt", und legte ein Bein um seine Hüfte, um sie noch näher zusammenzubringen.

Ru brauchte keine weitere Ermutigung. Er positionierte sich an ihrem Eingang und führte die Spitze seines Schwanzes in sie hinein, wobei er sich einen Fluch verkneifen musste, als sich die köstliche Reibung um ihn schloss. Sie war so feucht, aber so eng, dass er sich langsam bewegte, Zentimeter für Zentimeter, bis er ganz in ihr steckte.

Sie verharrten einen Moment lang so, die Blicke ineinander verschlungen. Lis hob ihre Hand und rieb sie an seiner Wange.

Und dann begann er sich zu bewegen, und es

war etwas, was Ru noch nie zuvor gespürt hatte. Lis war ganz bei ihm, keuchte seinen Namen und klammerte sich an ihn, während ihre Hüften mit den seinen zuckten, seine Geschwindigkeit nahm zu, während sich seine Lust steigerte und ihn zu einer Art brünstigen Bestie machte.

Er konnte sie überall spüren, nicht nur auf seinem Schwanz, sondern auch an ihn gepresst, ihre Lippen, die sein Kinn berührten, und sogar in seinen Gedanken. Es war keine psychische Verbindung, sondern eher eine emotionale, das Band zwischen ihnen verfestigte sich mit jedem Stoß von ihm in ihr.

„Spürst du es?", fragte er, und seine Worte klangen schroff.

Und auch wenn er es nicht erklärte, wusste er, dass Lis es verstand, denn ihre Augen leuchteten vor Freude und Liebe. „Es ist unglaublich!"

Und dann keuchte und schrie sie auf, ihr Körper bebte über seinem, als ihr Orgasmus sie überrollte. Ru gab nicht auf, pumpte unablässig in sie hinein und nahm sie erneut, als sie sich von der ersten Welle der Lust zu erholen begann. Sie hielt seine Schultern fest umklammert und Ru musste sich mehr konzentrieren als je zuvor.

Als sie wieder den Höhepunkt erreichte, spürte er, wie er los lie? und das Licht hinter seinen Augen explodierte, während die Lust ihn mehr zum Tier als zum Menschen machte.

Und in diesem Moment zog er sie fest an sich, presste seine Lippen auf ihren Hals und biss fest genug zu, um sie zu markieren, in Besitz zu nehmen.

Sie gehörte ihm, ganz und gar.

17
KAPITEL SIEBZEHN

RU KONNTE SICH NICHT DAVON ABHALTEN, SEINEN ARM über Lis Schultern zu legen, als sie sich auf den Weg zurück zu seinem Schiff machten. Sie drehte sich zu ihm, schlang ihren Arm um seinen Rücken und zog ihn an sich. Manche hätten seinen Gesichtsausdruck vielleicht als ‚selbstgefällig' bezeichnet, aber ihr Duft lag auf seiner Haut und ihre Lippen waren noch geschwollen von ihrem Liebesspiel.

Er wäre gerne mit ihr in diesem Zimmer geblieben, bis der Prozessor keine Nahrung mehr hatte und das Lebenserhaltungssystem versagte. Letztendlich war es Lis, die ihn davon überzeugt hatte, dass sie nicht ewig in diesem kleinen Raum leben konnten. Und als er Lome erwähnte, wollte sie ihn unbedingt kennenlernen.

„Sollte ich eifersüchtig sein, dass du so kurz

nach der Verbindung einen anderen Mann kennenlernen willst?", neckte er sie, während seine Finger mit den weichen Locken spielten. Sie hatten zwar den Raum verlassen, aber er konnte sich nicht zurückhalten, sie zu berühren, jetzt, wo sie wirklich ihm gehörte.

Lis lachte. „Du hast meine List entdeckt!", gestand sie scherzhaft. „Ich sammle Detyen-Gefährten. Vielleicht so viele, dass ich für jeden Tag des Monats einen habe."

Ein warnender Hitzeschwall durchfuhr ihn, und er spürte, wie in seiner Kehle ein Knurren entstand, als er daran dachte, dass Lis einen anderen Mann in Besitz nahm. Aber er zügelte den Impuls. Menschen scherzten auf diese Weise, sie sagten Dinge, die nicht wahr waren, um des Humors willen. Diese Eigenschaft war ihm schon bei mehreren Spezies und sogar bei einigen der weitgereisten Detyen begegnet. Er würde ihre Worte nicht als Bedrohung für ihre Beziehung auffassen.

Dennoch blitzten seine Augen rot auf und er schaute finster drein, als er sah, wie ein Oscavian-Mann Lis begutachtete. Sie konnte scherzen, so viel sie wollte, aber das gab fremden Männern nicht das Recht, sie anzustarren.

„Du wirst besitzergreifend sein, nicht wahr?",

fragte sie, während ihre Finger eine dünne Linie an seiner Hüfte auf und ab fuhren.

Ru wollte sie wieder nehmen, genau dort, mitten im Flur. Er würde nie genug von ihr bekommen, nie müde werden. „Du gehörst jetzt mir", sagte er, seine Stimme war rauer als beabsichtigt. Aber als sie zitterte, fühlte er sich bestätigt. „Glaubst du, ich würde dich jemals gehen lassen?"

Lis begegnete seinem Blick, ihre seltsamen menschlichen Augen leuchteten, und sagte: „Ich laufe nicht weg."

Sie erreichten den letzten Gang und die Tür zum Hangar, wo sein Schiff auf die Reparatur wartete. *Diese* würde am nächsten Tag beginnen, und weder Ru noch Lis würden das Schiff betreten können, bis es von den Ingenieuren als sicher eingestuft wurde. Aber sie konnten ihre Habseligkeiten einsammeln, bis das Schiff ins Reparaturdock kam.

Die Hangartore schoben sich hinter ihnen zu und die Lichter gingen reihenweise an. Eine Handvoll anderer Schiffe waren in dem riesigen Hangar und wartete auf ihre Zeitfenster. Es waren alles kleine Schiffe, die wie Rus Schiff für eine Besatzung von einem halben Dutzend oder weniger Personen gebaut waren. Alles, was größer war, blieb in einem stationären Dock außerhalb der Raumstation. Es gab einfach nicht genug Platz, um sie drinnen zu parken.

„Es ist ungewöhnlich still hier." bemerkte Lis.

Soweit er sehen konnte, waren sie die Einzigen im Hangar. Nach Stationszeit war es früher Morgen, aber dies war ein Hangar. Irgendwelche Besatzungen hingen immer bei ihren Schiffen herum. „Ja, das stimmt", sagte er.

Aber es war nichts Ungewöhnliches auszumachen, abgesehen von der Stille. In unausgesprochenem Einvernehmen bewegten sie sich vorsichtig vorwärts. Lis Finger berührten die seinen, bevor sie seine Hand ergriff und sie festhielt. Dies war ein menschliches Zeichen der Zuneigung, das er sehr mochte, auch wenn es bedeutete, dass eine seiner Hände nicht nach Waffen greifen konnte.

Sie gingen langsam den Mittelgang hinunter und hielten die Ohren offen für alle Geräusche, die dort hätten sein müssen. Aber Ru hörte nur ihr Atmen und sein Herz, das unregelmäßig schlug und das Blut in seinen Ohren pumpen ließ. Irgendetwas stimmte nicht, und seine Instinkte schrien ihm zu, Lis zu nehmen und sich in Sicherheit zu bringen. Aber es gab keine eindeutige Gefahr.

Das Licht ging aus und der Raum wurde in Dunkelheit getaucht.

„Was ..." begann Lis zu sagen.

Ru drückte ihre Hand und unterbrach sie. „Sei still.“

Sie waren nicht mehr allein.

Es war nichts, was er hörte, zumindest nicht am Anfang. Aber die Innenseite seines Ohrs juckte und plötzlich fühlte sich die Luft fast feucht an, trotz der streng regulierten Umweltbedingungen im Hangar. Ru hockte sich hin und zog Lis mit sich, als er sie hinter einen freistehenden Spind in der Nähe des Schiffes schob.

Es verging fast eine Minute, in der sie schweigend kauerten, mit nichts als der Dunkelheit und einem quälenden Gefühl, das ihm zurief, dass sie in Gefahr waren. Je länger sie warteten, desto mehr erwartete er, dass Lis protestieren würde. Er hatte deutlich gemacht, dass sie auf der Honora Station sicher waren. Warum sollte sie jetzt etwas anderes glauben?

Aber Lis zog ihre Hand aus seinem Griff und er konnte hören, wie sie sich auf ein Knie niederließ. Sie würde nicht so schnell aufstehen können, aber es machte sie stabiler, bereit, sich gegen Angriffe zu verteidigen. Das leise Knacken eines Druckknopfes verriet ihm, dass sie ihren Blaster bei sich trug und ihn kampfbereit in die Hand genommen hatte.

In der Nähe des Eingangs gab es ein Gespräch. Es war zu dunkel, um sie zu sehen, aber seine verdunkelte Sicht erleichterte ihm das Hören. Er verstand die Worte nicht, aber er erkannte den Klang dieser Geräusche, und wusste, dass es Polai waren.

Als Lis sich neben ihm versteifte, wusste er, dass sie zu demselben Schluss gekommen war. Sie holte tief Luft und begann, ihre Lippen auf und ab zu bewegen, wobei sie leise Worte sagte, die er nicht verstehen konnte. Als sie anfing, sich zu wiederholen, erkannte er, dass sie leise zählte und versuchte, sich zu beruhigen.

„Ich kann drei da draußen hören." Es war weniger als ein Flüstern, der leiseste Hauch von Luft, der von seinen Lippen kam. „Es ist wahrscheinlich eine siebenköpfige Mannschaft." So arbeiteten die polainischen Truppen auf ihrem eigenen Planeten, und er bezweifelte, dass sie jetzt von der Vorgehensweise abweichen würden.

Allerdings verfolgten die Polai normalerweise ihre Gegner auch nicht durch das Universum, so dass alle Informationen, die er hatte, so gut wie nutzlos waren.

Lis wiederholte seine Gedanken. „Ich dachte, sie würden uns nicht folgen." Wenn sie mehr als eine Handbreit voneinander entfernt gewesen wären, hätte er sie nicht hören können. So aber konnte er sie gerade noch hören.

Die Schuldgefühle waren ein zerklüfteter Eisberg in Rus Eingeweiden. Sie hatten keinen Grund, Lis zu folgen; sie war zufällig auf ihrem Planeten gewesen und all die Zerstörung, die sie angerichtet hatte, war seine Schuld gewesen. Hätte er seinen Auftrag nicht erfüllt, wären sie aus dem Luftraum von Polai einfach verschwunden und niemand hätte sie verfolgt.

Er blickte zu den Umrissen seines Schiffes hinüber. Einer der Laserschüsse musste es mit einem Peilsender versehen haben. Dass sie sie nicht einfach irgendwo im Weltraum abgeschossen hatten, sagte ihm, dass die Polai ihn lebend haben wollten. Und mit jeder Sekunde, die verstrich, kamen sie der Entdeckung durch die Polai näher.

Der Beschützerinstinkt erwachte in ihm zum Leben. „Sie wollen nur mich", sagte er. „Ich kann dich rausbringen." Es spielte keine Rolle, ob sie ihn mitnahmen, solange sie in Sicherheit war.

Die Bewegung ihres Kopfes lenkte seinen Blick auf sie, und in dem schwachen Licht bestand sie aus kaum mehr als der verführerischen Kurve ihrer Nase und dem Schwung ihrer Haare auf der Stirn. „Du dummer Kerl", sagte sie mit einer Stimme, in der etwas lag, das sehr nach Liebe klang. „Ich habe dich nicht zum Gefährten genommen, um dich beim ersten Anzeichen von Ärger aufzugeben."

Rus Herz schlug kaum noch. Sie hatte sich für ihn entschieden. Er hatte sie in Besitz genommen. Sie waren eins, und doch rechnete er jeden Moment damit, aufzuwachen und festzustellen, dass dies nur ein Traum war. Selbst jetzt, wo der Feind ihnen auf den Fersen war. „Du bist das Beste, was mir je passiert ist."

In der Dunkelheit konnte er ihr Lächeln spüren: „Du kannst mich jederzeit entführen." Sie beugte sich vor und küsste ihn, ihre Hand lag heiß in seinem Nacken.

Sie zog sich zurück und Ru richtete seine Augen wieder auf den Hangar. Sie würden von hier verschwinden und dann würde er das Versprechen des Kusses einlösen, den sie ihm gerade gegeben hatte. Er würde gerne sehen, wie ein feindlicher Außerirdischer *versuchte,* ihn davon abzuhalten.

Es gab nur zwei realistische Möglichkeiten, den Hangar zu verlassen: durch die Tür, durch die die Polai hereingekommen waren, und durch den Eingang zum Mechaniker-Dock auf der anderen Seite des Raums. Schiffe konnten durch die Luftschleuse hereinkommen, wenn sie vom Weltall kamen, aber Ru dachte nicht einmal daran, sie auf diese Weise herauszubringen. Es war zu hoch oben und sie wären in wenigen Minuten tot, wenn sie es versuchten.

Er zog Lis zu sich, bis ihr Körper dicht an seinem war. „Mechaniker-Dock-Tür", hauchte er. „Nicht schießen, bevor sie schießen."

Es ging über eine weite offene Fläche, aber wenn sie langsam machten und leise waren, konnten sie es schaffen. Er hoffte nur, dass auf der anderen Seite des Tores keine Polai auf der Lauer lagen. Er schnappte sich einen schweren Schraubenschlüssel von der nächstgelegenen Werkbank und atmete tief durch.

Dann setzten sie sich in Bewegung, so tief gebückt wie möglich und sprachen Gebete zu ihren Göttern und Ahnen, damit sie in der Dunkelheit über nichts stolperten und sich so verrieten. Ein trillerndes Stimmengewirr hinter ihm ließ ihn wissen, dass die Polai wussten, dass sie sich bewegten. Sie hatten darauf vertraut, dass der Mangel an Licht Ru und Lis mindestens genauso behindern würde wie sie selbst. Die Polai hatten sich geirrt.

Er würde für seine Gefährtin mit verbundenen Augen durch die kochende Hölle gehen. Was war ein dunkler Hangar?

Sie ließen die Schiffe hinter sich und gelangten zu der offenen Fläche vor dem Tor, und Ru begann zu hoffen, dass sie sich ohne Kampf herausschleichen konnten. Und dann stolperte Lis.

Sie richtete sich sofort wieder auf, aber das

Geräusch hallte durch den Raum und die Polai kamen mit einem lauten Schrei in ihre Richtung.

„Lauf!", schrie er und kümmerte sich nicht mehr um die Tarnung. Geschwindigkeit war jetzt ihre einzige Rettung.

Sie rannte vor ihm her und Ru folgte ihr auf dem Fuß, während um sie herum Blasterschüsse hallten. Lis schaffte es bis zur Tür, aber anstatt zu versuchen, sie zu öffnen, drehte sie sich mit dem Rücken zur Wand und begann zu feuern, um den Rest seiner Flucht zu decken.

Er hörte einen Schrei und dachte, einer der Polai wäre getroffen worden. Er schaffte es bis zur Tür und riss sie mit einem Ruck auf.

Und in dem Sekundenbruchteil zwischen Wachsein und Dunkelheit erspähte er den Hinterhalt, den er befürchtet hatte. Er spürte nicht einmal, dass der Blaster ihn traf, bevor er zu Boden fiel, und das letzte, was er hörte, war Lis Schrei.

18

KAPITEL ACHTZEHN

Ru!

Lis erhob sich aus der Dunkelheit, seinen Namen auf den Lippen. Um sie herum war alles schwarz, und sie brauchte einen Moment, um zu begreifen, dass die Lichter aus waren und sie immer noch in dem Hangar saß, aus dem sie und Ru zu fliehen versucht hatten.

Sie schaute sich um und versuchte, die Gestalt ihres Gefährten in der Dunkelheit zu erkennen, in der Hoffnung, dass ihre Bewusstlosigkeit sie beide gerettet und ihn nicht ins Verderben gestürzt hatte. Aber der Hangar war leer, das Geräusch ihres Atems hallte in dem kahlen Raum wider. Sie hatten Ru mitgenommen und sie zurückgelassen.

Nein!

Sie wollte schreien, aber die Wut blieb ihr im

Hals stecken und es kam kein Ton heraus. Sie sollten doch in Sicherheit sein! Sie hatten es von Polai geschafft, sie hatte den Satelliten abgeschossen. Und in Rus Armen hatte Lis endlich angefangen zu glauben, dass dies ein neuer Anfang sein könnte und nicht nur ein zu kurzes Intermezzo in dem riesigen Haufen Scheiße, der ihr Leben geworden war.

Scheiß drauf.

Sie holte einmal tief Luft und dann noch einmal, ihr Herz raste, aber der Rhythmus war gleichmäßig. Adrenalin strömte durch ihre Adern.

Die Polai hatten Ru. Aber er gehörte ihr, und sie würden ihn auf gar keinen Fall behalten.

Lis stemmte sich vom Boden hoch, ihre Handflächen würden kühl auf den dunklen Fliesen unter ihr. Obwohl sie allein war und die Polai und Ru weg waren, glaubte sie nicht, dass sie lange bewusstlos gewesen war. Der Geruch von Gefahr und Lasergeschossen lag noch in der Luft. Sie konnte fast die Funken der Elektrizität schmecken, die immer noch um sie herumflogen.

Die Tür zum Mechaniker-Dock neben ihr stand offen, und der Raum dahinter erstrahlte in fahlem Licht. Lis lauschte einen Moment, bevor sie hineinging, aber sowohl ihre Ohren als auch ihre Augen waren sich einig. Es war niemand da.

Wo bist du, Ruwen?

Eine Gewissheit, das sie nicht ganz verstand, pulsierte tief in ihr, ein Funke, der so zerbrechlich war, dass Lis kaum atmete, weil sie Angst hatte, ihn zu verlieren. Aber dieser kleine Funke sagte ihr, dass Ru am Leben war. Vielleicht nicht gesund, aber lebendig und zum Greifen nahe. Alles, was sie tun musste, war ihn zu finden.

Entschlossenheit trieb Lis mit langen Schritte an, die sie aus dem Hangar und zurück in die Gänge der Honora Station führten. Zuerst wusste sie nicht, wohin sie gehen sollte, aber als sie um eine Ecke bog, stellte sie fest, dass der Marktplatz, auf dem sie die beiden Menschen von der Seoul Station getroffen hatte, ganz in der Nähe war.

Sie erlaubte sich keine Zweifel. Ru war entführt worden, und sie würde ihn zurückholen, koste es, was es wolle. Wenn es sein musste, würde sie ein verdammtes Raumschiff stehlen. Aber als sie auf den Marktplatz stürmte und dorthin sprintete, wo Sung Mi und Bitna gesessen hatten, fand sie den Platz von unbekannten Außerirdischen besetzt.

Lis betrachtete die hellrosa Frau einen Moment lang, bevor sie sich wortlos abwandte.

„Lis Jaynx?“

Sie hörte ihren Namen und drehte sich knurrend zu Sung Mi um, die mit einem schäumenden Getränk in der Hand neben ihr stand. Sung Mi nickte den Frauen hinter Lis zu, sagte aber nichts zu ihnen.

„Ich brauche deine Hilfe." Lis atmete schwer, die Worte drängten nach außen. Aber Sung Mi schien zu verstehen, dass die Angelegenheit dringend war.

Sie reichte ihr Getränk einem der rosa Aliens und legte eine Hand auf Lis Schulter. „Lass uns irgendwo hingehen, wo wir ungestörter sind."

Jeder Schritt dauerte eine Ewigkeit, aber Lis wusste, dass Sung Mi recht hatte. Sie konnte es nicht gebrauchen, dass sich jemand einmischte und Ru verletzt wurde. Nicht heute und auch sonst nicht. Es waren zu viele Menschen auf dem Marktplatz, und jedes Mal, wenn Lis gegen einen stieß, war es, als ob Nadeln ihre Haut durchbohrten. Ihre Nervenenden fühlten sich entblößt an und würden sich nicht beruhigen, bis sie Ru zurück hatte.

Bitna traf sie in der Nähe einer kleinen Nische mit einer Tür, die sich schloss, als Sung Mi ihre Stationskarte durchzog, um sie für kurze Zeit zu mieten. Ru hatte erwähnt, dass es in ganz Honora Hunderte dieser schalldichten Arbeitsplätze gab, die jedem zur Verfügung standen, der das Geld dafür aufbringen konnte.

Die beiden Koreanerinnen saßen ihr gegenüber und warteten darauf, dass Lis sprach.

„Erinnert ihr euch, dass ich neulich nach den

Detyen gefragt habe?", sagte sie. Sie wollte auf ihre Bitte erklären, aber das würde nur zu noch mehr Fragen führen, für deren Beantwortung sie keine Zeit hatte.

Keine der beiden Frauen war dumm, und Bitna bestätigte, dass sie erraten hatten, warum sie so interessiert war. „Du bist also mit einem Detyen zusammen? Es tut mir leid, aber ich weiß nicht, wie man seine ..."

„Darum geht es nicht", unterbrach Lis sie. „Mein ... Ru wurde von einer Gruppe von Außerirdischen, den Polai, entführt. Wir sind vor ein paar Wochen von ihrem Planeten geflohen und sie sind ihm nicht freundlich gesonnen. Ich brauche eure Hilfe, um ihn zurückzuholen."

Sung Mi legte ihre Stirn in Falten. „Wie lange ist es her, dass das passiert ist? Hast du dich an den Sicherheitsdienst der Station gewandt? Oder vielleicht kannst du dich an Vertreter des Galaktischen Rates wenden. Wir sind nur Transportunternehmer, wie können wir helfen?"

Sicherheitsdienst der Station? Ja, denn Polizisten haben Probleme noch nie zehnmal schlimmer gemacht. „Er ist immer noch hier; wenn er nicht mehr auf der Station ist, dann ist er immer noch nah genug, um gerettet zu werden. Es ist noch nicht einmal eine Stunde her. Ich bin mir sicher. Ich kann ihn spüren." Sie legte eine Hand auf ihr Herz, wo sich die Gewissheit festgesetzt hatte, eine Erinnerung und eine Hoffnung.

„Dann musst du zum Sicherheitsdienst gehen", beharrte Bitna.

„Das ist Zeitverschwendung!" Lis schlug ihre Hand auf den Tisch und krümmte ihre Finger, weil es weh tat. Sung Mi zuckte zusammen, aber Bitna blieb völlig ruhig. Lis' Herz klopfte zu schnell, und einen Moment lang fühlte es sich an, als ob ihr die Luft aus den Lungen gesaugt worden wäre. Sie versuchte zu atmen, aber sie konnte ihre Luftröhre nicht öffnen. Ihre Sicht verschwamm am Rande, Sterne tanzten.

Und so plötzlich, wie er gekommen war, hörte der Anfall auf. „Sie haben ihn bewusstlos geschlagen", sagte sie mit einer Gewissheit, die sie nicht besitzen konnte.

„Wie kannst du das wissen?", fragte Sung Mi. Sie klang skeptisch, aber in ihren dunklen Augen lag auch ein Hauch von Glauben.

„Er ist mein Denya. Wir sind miteinander verbunden." Sie spürte das Band so real, als ob eine Schnur zwischen ihnen gespannt wäre.

Einen Moment lang verhielten sich Sung Mi und Bitna still. Dann richteten sie ihre Blicke aufeinander und sie führten eine lautlose Unterhaltung, die Lis nicht verstehen konnte.

Nach einem Moment nickte Bitna. Sie richtete ihren Blick auf Lis und sagte: „Wir sind dabei."

———

Die Koreanerinnen sagten Lis, er solle sie in dreißig Minuten in einer Abflughalle treffen, damit sie genug Zeit hätten, um ein paar Vorräte zu besorgen und einen vereinbarten Termin abzusagen.

Fast wäre Lis direkt zum Treffpunkt gelaufen, aber im letzten Moment fiel ihr der Mann ein, mit dem sie und Ru sich später am Tag hatten treffen wollen. Lome. Wenn irgendjemand auf dieser Station Ru fast so sehr retten wollte wie sie, dann war es sein Beinahe-Onkel.

Sie fand seinen Laden genau dort, wo Ru es beschrieben hatte. Der Mann überprüfte gerade etwas auf einem Tablet. Das Licht des Bildschirms ließ seine blaugrüne Haut nur noch greller erscheinen. Er sah nicht wie Ru aus, nicht wirklich. Aber irgendetwas an den Flecken, die sie auf der freiliegenden Haut seiner Arme sehen konnte, erinnerte sie an Ru, und als er zu ihr aufblickte, sah Lis denselben roten Blick, den sie von ihrem Geliebten kannte.

„Ru ist in Schwierigkeiten", sagte sie, bevor Lome sie überhaupt begrüßen konnte.

Er setzte sein Tablet ab und stand auf. Schon aus der Ferne konnte sie erkennen, dass er über eins-neunzig groß war.

„Du bist also sein Mensch." Seine Stimme war eisig, und sie wusste nicht, ob es wegen ihr oder wegen Ru war. Nach Rus Beschreibung hatte sie einen freundlichen Mann erwartet, der sie mit offenen Armen empfangen würde.

Lome war ... das nicht.

„Ich bin seine Denya", sagte sie. „Und ich versuche, sein Leben zu retten. Ich brauche deine Hilfe."

„Was hat er jetzt angestellt?" Sie wollte schreien, um ihn aufzurütteln, aber Lome sah nicht so aus, als würde er sich leicht aus der Ruhe bringen lassen.

„Die Polai haben ihn mitgenommen. Sie haben mich zurückgelassen. Er ist auf dem Schiff oder in dessen Nähe. Ich habe zwei Menschen, die uns helfen, aber du bist seine Familie. Du kennst diese Station. Bitte." Sie spürte, wie ihr die Tränen kamen, aber Lis hielt sie zurück. Sie durfte nicht zusammenbrechen, nicht bevor Ru in Sicherheit war. Panik löste keine Probleme.

„Wo brauchst du mich?" Immer noch kalt wie immer, aber nicht zögerlich.

Sie nannte ihm den Standort des Schiffes und

überließ ihm die Entscheidung. Ru hatte keine Zeit, also konnte sie nicht warten.

Bitna und Sung Mi warteten in der Nähe des Abflugdocks auf sie. Wenige Augenblicke später gesellte sich Lome zu ihnen. Er hatte sich eine Kampfausrüstung übergezogen, die die Markierungen auf seinen Armen mit einem Körperanzug aus strapazierfähigem Kunstleder völlig verdeckte.

„Ich habe einen Freund bei der Sicherheit alarmiert. Ein polainisches Schiff ist noch für zehn Minuten in der Warteschlange am Ausgang. Es hat seinen Abflug heute Morgen plötzlich nach vorne verlegt." Er nickte den beiden anderen Frauen zu, stellte sich aber nicht vor.

„Hat er dir ihre Kennung gegeben?" fragte Sung Mi, nachdem sie zu dem Schluss gekommen war, dass Lome Freund und nicht Feind war.

Lome hielt eine schillernde Silberscheibe hoch. „Ich habe viele Freunde auf der Station."

„Was ist das?" fragte Lis, die sich immer mehr überfordert fühlte.

„Es ist ein Teleportschlüssel", erklärte Bitna mit einem abschätzenden Blick, während sie Lome studierte. „Und die werden streng bewacht."

Lome zuckte mit den Schultern und erklärte nichts weiter. „Es enthält die Signaturen aller Teleports von heute Morgen. Das bedeutet", sagte er, bevor Lis ihn unterbrechen konnte, „dass wir auf ihr Schiff gelangen und Ru befreien können. Aber wir brauchen Deckung."

„Ich habe einen Blaster." Und Lis war plötzlich sehr froh, dass sie daran gedacht hatte, zu ihm zu gehen. Es schien, dass er die Antworten auf Fragen hatte, die sie nicht zu stellen gewusst hatte.

„Wir können euch in unserem Kreuzer Deckung geben", bot Sung Mi an. „Er hat zwar keine große Reichweite und nur ein Geschütz, aber Bitna ist eine gute Schützin." Bitna nahm das Lob mit einem Achselzucken an.

Gut, das war alles gut.

„Dann lasst uns gehen. Worauf warten wir noch?", fragte Lis.

Erst dann zögerte Lome. „Wir werden in den ersten Sekunden nach der Portierung verwundbar sein. Derjenige, der zuerst geht, ist also am meisten gefährdet." Der Teleporter der Station konnte nur ein biologisches Exemplar auf einmal transportieren. Alles, was darüber hinausging, war zu gefährlich.

„Ich werde alles erschießen, was mich daran hindert, meinen Gefährten zu retten. Wenn du zu feige bist, dann gehe ich gerne zuerst." Lis ließ die ganze Entschlossenheit in ihre Stimme sinken, bis ihre Worte reiner Stahl waren.

Lome nickte einmal und sein Gesichtsausdruck war endlich nicht mehr eisig, sondern weich. „Ich glaube, du wirst gut für Ru sein.“

Die Zustimmung wärmte eine unbekannte Ecke ihres Bauches, die noch nie die Liebe von Eltern erfahren hatte. Aber dafür hatte Lis im Moment keine Zeit. Sie konnte später versuchen, das Geheimnis von Lome zu lüften, wenn Ru sicher in ihren Armen lag.

„Lass es uns tun.“

19

KAPITEL NEUNZEHN

Ru wachte durch das Heulen von Sirenen auf. Zuerst dachte er, die Sirenen und blinkenden Lichter kämen aus seinem Kopf, ein Andenken an den Blasterschuss, der ihn bewusstlos gemacht hatte. Er wusste nicht, wo er sich befand, aber da waren Gitter und er war an eine Wand gefesselt, Seile waren einen halben Meter über seinem Kopf an einer Stange befestigt.

Er fühlte sich, als wäre er hinter einem Lastwagen durch die Hochwüste von Bynko III hergezogen worden, und sein Verstand war wie aus Watte. Wäre der Blaster, den die verdammten Polai auf ihn gerichtet hatten, noch höher eingestellt gewesen, wäre er vielleicht nicht mit einem Verstand aufgewacht, der irgendjemandem von

Nutzen gewesen wäre. Er drehte seinen Kopf und versuchte, seine Gedanken zu ordnen.

Die Sirene und die Lichter waren wirklich nicht hilfreich. Warum hörten sie nicht auf?

Nein, dachte er und versuchte, das Chaos in seinem Kopf zu durchbrechen. Warum gab es überhaupt Alarm? Das waren Notfallalarme, und sie kamen nicht von der Honora-Station. Das wusste er nur aufgrund eines beinahe tödlichen Lecks im Lebenserhaltungssystem, mit dem er drei Jahre zuvor zu tun gehabt hatte. Manchmal hörte er diese Sirenen noch immer in seinen Albträumen.

Was jetzt in seinen Ohren dröhnte, klang völlig anders. Der Ton und die Frequenz waren zu hoch, und sie brachten sein Herz zum Rasen. Die Sirene brachte ihn dazu, weglaufen zu wollen, aber sich gegen seine Fesseln zu stemmen, würde ihm nichts nützen.

Der Nebel begann sich zu lichten, während sein Herz raste und Ru tief einatmete, um sich unter Kontrolle zu bekommen. Wenn er nicht auf der Honora-Station war, bedeutete das, dass die Polai ihn auf eines ihrer Schiffe gebracht hatten. Jetzt schon könnten sie durch den dunklen Weltraum zurück zu diesem verfluchten Planeten unterwegs sein.

Aber er glaubte nicht— zumindest *hoffte* er -, *dass* er lange bewusstlos gewesen war.

Er war nicht stark genug, um sich mit roher Gewalt von den Fesseln zu befreien, aber Detyens war nie dazu geschaffen worden, sich nur auf reine Kraft zu verlassen. Er spannte seine Hände an, bis seine Krallen aus den Knöcheln ragten. Sie waren nicht sehr lang, nur ein paar Zentimeter, bösartig gebogen und scharf genug, um einen Leru-Ochsen auszuweiden, wenn man ihm die Chance dazu gab.

Ru versuchte angestrengt, einen Weg zu finden, die Fasern zu durchtrennen, die seine Haut aufrissen. Nach einigen unangenehmen Momenten und einem Krampf, der ihn leise fluchen ließ, konnte er nach oben greifen und an dem Seil sägen. Es war keine schnelle Arbeit. Die Fasern waren dick und grob und er hatte nur wenig Hebelkraft.

Doch nach mehreren schmerzhaften Minuten gaben seine Schultern nach, als die letzten Stränge durchtrennt waren, die Fesseln an seinen Handgelenken sich lösten und er von seinem Platz an der Wand befreit war.

Seine Freiheit war durch die Gitterstäbe vor ihm eingeschränkt. Die Zelle war ziemlich groß, und dem schwachen Mehlgeruch nach zu urteilen, der in der Luft lag, würde er darauf wetten, dass sie unter normalen Umständen eher für zusätzliche Vorräte als für Gefangene genutzt wurde. Umso besser für ihn. Vielleicht hatten sie etwas übersehen, als sie versuchten, es für ihn herzurichten. So viele alltägliche Gegenstände konnten als Angriffswaffe genutzt werden. Er brauchte nur einen.

Jenseits der Gitterstäbe befand sich ein kleiner Raum mit einem Schreibtisch und einem Stuhl, der zur Seite geschoben worden war. Weniger als zwei Meter entfernt war eine schwere graue Tür, die geschlossen war. Verlockend nah, aber völlig unerreichbar. Ru testete die Gitterstäbe und war froh, dass sie nicht unter Strom standen. Mit dem Schmerz konnte er umgehen, aber jedes kleine Hindernis machte den Weg zurück zu Lis umso schwieriger.

Und es gab keine Möglichkeit, ihn von seiner Denya fernzuhalten, nicht jetzt, wo er sie gefunden hatte, wo er sie in Besetz genommen hatte.

Schritte waren hörbar sich von jenseits der Tür und wurden langsamer, als sie sich näherten. Ru hörte das knarrende Ächzen von schwerem Metall, das sich bewegte, und sprang zurück zu der Stelle, wo er gefesselt gewesen war, wobei er seine Hände so hielt, dass es so aussah, als sei er noch immer gefesselt. Es hatte keinen Sinn, das bisschen Freiheit aufzugeben, das er hatte, wenn er es vermeiden konnte.

Zuerst konnte er kaum die grüne Haut des kleinen Polai erkennen, der hereinkam und die Tür hinter sich schloss. Doch dann warf sein Entführer den dunklen Mantel ab, den er trug, und hängte ihn an einen Haken an der Tür. Er trug eine dunkle Kampfausrüstung und hatte einen Betäubungsstab in einer Scheide an seinem Gürtel.

Diese Schönheiten konnten einen 500 Kilo schweren Yorgluf mit einem Schlag außer Gefecht setzen, aber sie waren Nahkampfwaffen. Sie waren leistungsfähiger als manche Blaster, aber nur wenige verzichteten freiwillig auf die Reichweite von Projektilwaffen.

Das bedeutete, dass dieser Polai wusste, wie man kämpft, und dass er keine Angst vor einem Nahkampf hatte.

Und das war genau das, was Ru brauchte.

Der Polai betrachtete ihn, zuerst die Seile, die um seine Hände gewickelt waren, und dann den Rest von ihm. Ru versuchte, so erbärmlich und benommen auszusehen, wie er konnte. Wut kochte in ihm hoch, aber er hielt sie im Zaum.

Nicht jetzt, noch nicht, sagte er sich. Er musste warten, bis der richtige Moment gekommen war.

Der Wächter zog seinen Betäubungsstab heraus, aber er schaltete ihn nicht ein. Stattdessen ging er nahe an die Zelle heran und begann, den Stab gegen die Metallstäbe zu schlagen und Ru zu verspotten.

Aber er war nicht nah genug dran. Ru bezweifelte, dass er ihn erreichen konnte, bevor der Stock aufgeladen wäre und ihn zu Fall bringen würde. Also beobachtete er ihn mit schweren Augen und einem spöttischen Lächeln auf den Lippen.

Der Polai trillerte ihm etwas Unverständliches zu.

„Ich spreche kein grünes Arschloch", antwortete Ru in IC.

Der Polai zischte und sprang vor, als hätte er die Beleidigung verstanden.

Ru nutzte seine Chance. Er sprang von seinem Platz auf und griff mit einer Hand nach dem Betäubungsstab. Mit der anderen griff er nach der Kehle des Polai, die Krallen noch immer ausgefahren und mehr als tödlich.

Schwefeliges, orangefarbenes Blut strömte aus, als Rus Klauen ihn trafen. Er wich zurück, als der Polai fiel, eine Hand an seine Kehle gepresst und mit einem verzweifelten, klammernden Blick in seinen großen Augen. Vielleicht hätte Ru ein gewisses Maß an Reue empfinden sollen, weil er ein Leben genommen hatte. Es war eine Tat, die man nie auf die leichte Schulter nehmen sollte. Aber alles, was er fühlte, war der unbändige Wille, hier rauszukommen und nach Hause zu gehen.

Der Polan fiel nahe genug heran, dass Ru die Schlüsselkarte ergreifen konnte, um die Zellentür zu öffnen. Einen Durchzug später schwang die Tür auf und gab ihm die Freiheit.

Ru trat um die Stelle herum, an der der Polai gefallen war, um zur Tür zu gelangen. Er hatte die Hand schon am Türknauf, als er den Mantel direkt vor sich hängen sah. Er zog ihn an und zog die Kapuze hoch, um seine eindeutig nicht polanischen Gesichtszüge zu verbergen. Er steckte die Schlüsselkarte ein, die ihn aus seiner Zelle herausgebracht hatte, und hoffte, dass sie ihm Zugang zu allen anderen Bereichen verschaffen würde, die er betreten musste. Wenn der tote Polai die Freigabe hatte, die Zelle eines Gefangenen zu öffnen, war es nur logisch, dass er auch in andere gesperrte Bereiche des Schiffes gelangen konnte.

Bereiche, die Ru die Flucht ermöglichen würden.

Er musste nur zu einer Notrettungskapsel gelangen. Alle Schiffe hatten sie in der einen oder anderen Form. Es waren kleine Transportkapseln, die je nach Größe des Schiffes zwischen einer und zehn Personen aufnehmen konnten. Die großen Kreuzer hatten richtige Rettungskapseln, die Dutzende oder Hunderte von Menschen aufnehmen konnten. Und sobald er die Rettungskapsel gefunden hatte, würde er auf dem Weg in die Freiheit sein.

Sie konnten noch nicht weit von der Honora Station entfernt sein. Er wollte nichts anderes glauben.

Er schnappte sich auch den Betäubungsstab, der dem toten Polai aus der Hand gefallen war. Es hatte keinen Sinn, unbewaffnet in feindliches Gebiet zu gehen.

Er öffnete die Tür und blickte in den weiß erleuchteten Flur. Die Lichter an der Decke hätten genauso gut Sonnen sein können. Verglichen mit der Zelle war es so hell, dass Ru die Augen wehtaten. Aber nach ein paar Augenblicken hatten sie sich daran gewöhnt, und er machte sich auf den Weg, die Schultern gesenkt, um zu versuchen, eine eher wie ein Polai auszusehen. Aus der Nähe würde das niemanden täuschen, also konnte er niemanden nah heranlassen.

Der Korridor war verlassen. Ru folgte seinem Instinkt und folgte mehreren hellen Korridoren in eine Richtung, die ihm wie der Weg zum Ausgang vorkam. Die Wahrheit war, dass er nicht wusste, ob er in die richtige Richtung ging. Alle Schilder an den weißen Wänden waren in Polai geschrieben, und er hatte keine Chance, sie zu entziffern.

Er wollte gerade in einen anderen Gang einbiegen, als ihn das Zischen eines Blasterschusses fast an der Schulter traf. Er warf sich zurück und ging in die Hocke, um dem Blickfeld seines Angreifers zu entgehen.

Aber die Projektile flogen an ihm vorbei und den Korridor hinunter, in den er hatte abbiegen wollen. Ein Feuergefecht auf dem Schiff— das würde die Sirenen erklären.

Ru schaltete den Betäubungsstab ein, bereit für jeden, der ihm über den Weg lief. Er schaute zurück in den Gang, aus dem er gekommen war, aber etwas sagte ihm, er solle an Ort und Stelle bleiben. Wenn er jetzt zurückging, konnte er nicht wissen, was für Schwierigkeiten dort auf ihn warten würden.

Und so wartete er ab.

Nach einigen Minuten hörten die Blasterschüsse auf. Mit einem letzten Schuss endete das Gefecht, nachdem an einem Ende des Ganges nicht mehr geschossen wurde, was wohl bedeutete, dass eine Seite ausgeschaltet worden war. Ru hoffte, dass die Angreifer des Schiffes gewonnen hatten. Jeder, der die Polai angriff, war sein Freund.

Sogar Piraten.

Schritte kamen auf ihn zu und er hörte das leise Gemurmel von Stimmen, die etwas sagten, das nicht in Polai war. Aber er war zu weit weg, um die Worte zu verstehen. Als sie näher kamen, umklammerte er seinen Elektroschocker fester, bereit, zuzuschlagen, falls ein potenzieller Freund zum Feind wurde.

Dann waren die Schritte direkt an der Kreuzung im Flur. Er hob seinen Betäubungsstab, bereit zuzuschlagen.

Und dann erschien Lis mit gezogenem Betäubungsgewehr. Einen Moment lang standen sie wie erstarrt, bevor ein Lächeln auf ihrem Gesicht erschien und sie die Waffe senkte. Sie stürzte nach vorne, ohne auf seine Waffe zu achten, und schlang ihre Arme fest um ihn. „Ich wusste, dass du hier bist, ich konnte es spüren."

Er schaltete den Strom des Betäubungsgeräts aus und hielt sie mit seinem freien Arm fest. „Wie hast du mich gefunden?" Am liebsten hätte er sie gegen die Wand gedrückt, sie besinnungslos geküsst und sie dann angeschrien, weil sie sich in Gefahr gebracht hatte.

„Heb dir das Feiern auf, bis du es verdient hast", sagte eine andere vertraute Stimme. Ru blickte auf und sah Lome in Sicht kommen.

Ru öffnete den Mund, um etwas zu sagen, aber Lome schlug ihm einen Teleport-Tracker auf die Brust, bevor die Worte herauskamen. Er drückte den riesigen blauen Knopf und Rus Ohren blitzten kurz auf, bevor alles schwarz wurde.

Es dauerte nur eine Sekunde, und dann war er

wieder auf der Honora-Station, stand in einer Transporterkapsel und sah eine Frau mit violetter Haut und leuchtend blauen Augen an. Oscavian, wenn er raten müsste.

„Steigen Sie bitte aus der Kapsel aus", forderte sie ihn auf.

Ru bewegte sich, denn er wusste, dass sie Lome und Lis erst zurückbringen konnten, wenn er in Sicherheit war. Sein Herz schlug rasend schnell, während die Sekunden verstrichen. Jeder Moment, in dem sie seinetwegen in Gefahr waren, war ein Moment, in dem er nicht atmen konnte.

Der Transporter schaltete sich wieder ein und diesmal war es Lis, die in der Kapsel erschien. Sie hielt sich die Hand an die Seite, und er konnte sehen, wie sich der rote Blutfleck auszubreiten begann. Aber sie stieg ohne Aufforderung aus der Kapsel und humpelte kaum.

Erst als sie bei ihm ankam, sackte sie zusammen, die Kraft verließ sie. Ru zog sie zu sich heran, drückte seine Hand auf ihre eigene und versuchte, den Blutfluss zu stoppen. „Nein", befahl er, „du darfst mich nicht verlassen. Nicht jetzt, nicht nachdem wir uns gerade erst gefunden haben."

Sie holte tief Luft. „Nur ... eine Fleisch ..." Sie leckte sich über die Lippen, bevor sie zu Ende sprach. „Wunde."

„Du brauchst einen Arzt", sagte er und sah, wie die Farbe aus ihr wich. Aus der Ferne hörte er, wie sich der Transporter wieder einschaltete.

Lome trat heraus und warf einen Blick auf Lis und Ru, bevor er eine Reihe von Schimpfwörtern ausstieß.

„Du dummer Mensch. Warum hast du nicht gesagt, dass du verwundet bist?" schimpfte Lome, als er sich neben sie kniete. Er gestikulierte etwas in Richtung der Oscavianerin, aber Ru konnte den Blick nicht von Lis abwenden, um zu sehen, was er wollte.

„Hey", sagte Lis, und diesmal war ihre Stimme kräftiger. Sie neigte ihren Kopf in Richtung Lome. „Du darfst mich nicht anschreien. Nur er darf ..." Ihre Stimme verstummte, bevor sie den Satz beenden konnte. Dann sank ihr Kopf nach hinten, als sie den Kampf aufgab und sich der Bewusstlosigkeit hingab.

„Lis!" Ru schüttelte sie und versuchte, sie aufzuwecken. Aber es nützte nichts.

Sie war völlig weggetreten.

20
KAPITEL ZWANZIG

Ihr Mund schmeckte wie Pappe, und aus ihrer Seite wuchsen Dornen, als Lis wieder zu fühlen begann. Alles war dunkel um sie herum, aber nach einem Moment wurde ihr klar, dass das nur daran lag, dass ihre Augen geschlossen waren. Sie zu öffnen, war zu anstrengend, und so ließ sie ihren Kopf zurück in das Kissen sinken, während sie versuchte, sich daran zu erinnern, warum es sich anfühlte, als wäre sie hinter einem rasenden Speeder hergezogen worden.

Es kam in Flashbacks: Ru, das Schiff der Polai, ein unglücklicher Blasterschuss, kurz bevor sie sich teleportierte, der Transporter, dann Schwarz.

Sie spürte, wie etwas an ihrem Arm zog, und versuchte, ihn wegzuziehen, aber es war, als würde sie sich durch Sirup bewegen. Lis zwang sich, die Augen zu öffnen, und drehte den Kopf, um eine Infusion in ihrem Arm zu sehen, die gefärbte Flüssigkeiten direkt in ihren Blutkreislauf leitete.

„Ru?" Sie versuchte, nach ihm zu rufen, aber es klang wie ein trauriger Laut, der zwischen einem Keuchen und einem Flüstern lag. Sie leckte sich über die Lippen und versuchte es erneut, wobei ihre Stimme an Kraft gewann. „Ru?"

Ein Blick in den kleinen Raum verriet ihr, dass er nicht da war. Es sah nicht aus wie ein Krankenhauszimmer, das sie jemals auf der Erde gesehen hatte, obwohl sie sich eigentlich nicht daran erinnern konnte, wann sie das letzte Mal in einem funktionierenden Krankenhaus gewesen war. Der Raum war klein, und sie lag auf einer bettenähnlichen Liege, das an eine Wand gerückt war, mit ein wenig Platz auf beiden Seiten, damit die Ärzte neben dem Bett stehen konnten. Ihre Vitalwerte pulsierten an einer Wand, für ihr ungebildetes Auge nicht zu entziffern.

Ein leerer Stuhl stand direkt neben dem Bett. Er sah abgenutzt und furchtbar unbequem aus, die dünne Polsterung war nach offenbar jahrelangem Gebrauch völlig verschlissen.

Die Tür öffnete sich leise und ein vertrauter Außerirdischer, *ihr* Außerirdischer, betrat den Raum. Ihre Blicke trafen sich und sie versuchte zu lächeln, aber die Drogen, die man ihr verabreicht hatte, machten ihr die Bewegung schwer.

Ru schloss die Tür hinter sich, nahm neben ihr Platz und legte eine Hand auf ihre. „Guten Morgen", sagte er leise.

Lis drückte seine Finger, „Wie lange war ich bewusstlos?" Sie wurde allmählich wieder wach und bekam ihre Stimme zurück.

„Ein paar Stunden." Seinem zerzausten Haar und den Tränensäcken unter den Augen nach zu urteilen, hätte sie denken können, dass es schon Tage waren. Aber mit dem Stress der Gefangennahme und ihrer Verletzung musste er kurz vor dem Zusammenbruch stehen.

„Du musst dich ausruhen", sagte sie ihm und streichelte seine Wange.

Er beugte sich so weit vor, dass sie ihn berühren konnte. „Musst du grade sagen. Schlaf."

„Nein, ich bin zäh. Ein dummer Blasterschuss kann mich nicht aufhalten." Aber im Moment hätte sie ein Regenerationsgel sehr zu schätzen gewusst. Die normale Behandlung war im Vergleich dazu beschissen. Die Tatsache, dass es nicht benutzt worden war, sagte ihr, dass ihre Verletzung schlimmer war, als sie oder Ru zugeben wollten. Chirurgen operierten nur in schlimmen Fällen.

„Das war kein Blaster", sagte er, das Feuer in seinen Augen leuchtete vor Rührung. „Es war ein Lasershooter."

Lis Augenbrauen schossen in die Höhe. Laser waren ernstzunehmende Waffen. Dass sie nach ein paar Stunden wieder wach war, sagte ihr, dass es sich um einen Streifschuss gehandelt hatte. Das Laserfeuer drang in die Venen des Opfers ein und fraß es von innen heraus auf, wenn es nicht schnell genug aufgehalten wurde.

„Geht es dir gut?", fragte sie, weil sie nicht daran denken wollte, was der Schuss ihr angetan haben könnte. „Ist Lome? Und was ist mit Su..."

Er legte einen Finger auf ihre Lippen. „Was spontane Rettungsaktionen angeht, hätte es nicht besser laufen können. Wir sind alle in Sicherheit. Ich habe gerade mit Lomes Freund von der Sicherheitsabteilung gesprochen. Sie haben die Polai festgenommen und werden eine saftige Geldstrafe verhängen, bevor sie die gesamte Besatzung von der Station verbannen. Die Polai werden jede Beteiligung abstreiten, aber was kann man schon anderes erwarten?" Unter seinen Worten brodelte die Wut, aber er sprach sanft.

„Werden sie wieder hinter uns her sein?" Denn sie konnten Ru nicht haben. Laser hin oder her, er gehörte ihr und sie würde ihn behalten. Für immer.

Er verschränkte seine Finger mit ihren und beugte sich vor, um ihre Hand zu küssen. „Das kann ich nicht sagen. Ich wäre nicht allzu überrascht, wenn ein Kopfgeld auf mich ausgesetzt wäre."

„Sie können dich nicht mitnehmen", schwor sie. „Du gehörst mir."

Er grinste und der Stress des Tages verschwand. „Ich würde es nicht wagen, dich zu enttäuschen."

„Wie lange wollen sie mich denn noch an dieses Bett fesseln?" Sie wollte raus, wollte mit Ru zurück in ihre Suite gehen und ihm zeigen, dass sie beide überlebt hatten und mit ihm Liebe machen, bis Tag und Nacht ihre Bedeutung verloren.

„Der Arzt hat gesagt, morgen. Die haben da so ein schickes Zeug in deiner Infusion, das dich heilt." Er lehnte sich im Stuhl zurück, ließ aber ihre Hand nicht los.

Lis' Herz krampfte sich zusammen. „Du siehst erschöpft aus, du solltest schlafen gehen."

Ru schüttelte den Kopf. „Ich glaube nicht, dass ich ohne dich einschlafen kann. Nicht nach dem heutigen Tag."

Die vollkommene Ehrlichkeit erschütterte sie bis ins Mark. Ihr wurde klar, dass Ru es ernst meinte, als er sagte, dass er nichts verheimlichte. Es würde keine Geheimnisse zwischen ihnen geben, nichts als völlige Ehrlichkeit.

Sie rutschte auf die Seite und machte ein bisschen Platz. „Hältst du mich warm?", fragte sie.

Das musste er sich nicht zweimal sagen lassen, aber Ru war vorsichtig. Er mied ihre Wunde und ihren Tropf, legte seinen Arm um ihre Schultern und zog sie an sich. Der saubere Duft seiner Haut verriet ihr, dass er geduscht hatte, aber darunter roch er nach Ru, nach Zuhause.

„Ich liebe dich", sagte sie. Und entgegen ihrer Befürchtungen fiel es ihr gar nicht schwer, die Worte herauszulassen. „Ich bin so froh, dass du mich auf diesem beschissenen Planeten gefunden hast."

„Ich liebe dich auch." Ru küsste sie auf den Kopf. „Und ich danke dir."

Sie legte den Kopf schief. „Wofür?"

Der Blick, den er ihr zuwarf, sagte alles, seine Augenbrauen zogen sich ungläubig zusammen. „Du wurdest gerade fast von den Polai getötet! Weil du mir das Leben gerettet hast!" Aber er stieß ein kleines, erleichtertes Lachen aus, als er das sagte, und sie wusste, dass er trotz seines Schimpfens nicht wütend auf sie war.

Lis fuhr mit ihrer Hand auf dem Stoff seines Hemdes auf und ab. „Ich glaube, diese Beziehung braucht ein paar Regeln."

Er zog eine Augenbraue hoch. „Ach ja?"

Sie nickte. „Nummer eins, keine Entführungen mehr. Oder gekidnappt werden." Diesbezüglich hatten sie ihre Quote mehr als erfüllt.

Ru tippte mit einem Finger gegen ihre Nase. „Nummer zwei: viel Sex."

„Oh, ja", sagte sie und nickte. „Sehr viel." Und dann küsste Ru sie, und für ein paar Augenblicke konnte Lis den Schmerz in ihrer Seite vergessen. Bis sie versuchte, sich ihm weiter zuzuwenden, und dabei an etwas zog. Mit einem schmerzhaften Keuchen zog sie sich zurück. „Viel Sex *später*. Wenn ich mich bewegen kann."

Ru sah besorgt aus, aber als sie sich neben ihn kuschelte, schien er zu erkennen, dass es ihr gut ging, sie war nur empfindlich. „Die anderen, die Menschen, die geholfen haben, wollten dich sehen. Ich habe ihnen gesagt, sie sollen warten, bis es dir besser geht."

„Gut. Ich muss ihnen danken." Sie seufzte. „Lome auch. Ohne ihn hätten wir es nicht geschafft."

„Sie können alle warten", sagte er mit einer schützenden Besitzergreifung in seinen Worten.

„Und wie geht es weiter?" Sie würde nicht ewig verletzt sein, und sie hatten ihr ganzes Leben noch vor sich.

„Würdest du gerne meine Familie kennenlernen?" Er fragte das, als ob er erwartete, dass sie nein sagen würde.

Aber Lis hatte nicht vor, das zu tun. „Zur Hölle

ja, ich will deine Familie kennenlernen. Und ich will zurück zur Erde." Er sah erschrocken aus und sie merkte, wie es klang. „Ich sage ja nicht, dass wir dort leben müssen oder so, aber ich hatte Freunde, sozusagen. Ich möchte sie wiedersehen, um ihnen zu zeigen, dass es mir gut geht. Und", fügte sie mit bewusster Nonchalance hinzu, „vielleicht auch, um mit dir anzugeben."

Seine Brust blähte sich auf. „Mit mir angeben? Willst du damit sagen, dass ich jemand bin, den deine Freunde für würdig halten würden?"

Lis lachte und kuschelte sich näher an den nun vertrauten Duft ihres Denya. „Es passiert nicht jeden Tag, dass ein armes Erdenmädchen wie ich einen sexy außerirdischen Gefährten findet. Sie werden alle so neidisch sein."

EPILOG

„Heiliger Strohsack."

Lis hörte die Worte, dachte aber nicht, dass sie gemeint war, bis der Blick der Menschenfrau auf ihren traf. Sie hatte dunkle Haut und lockiges braunes Haar, alles kam ihr angenehm vertraut vor. Es war schon lange her, dass Lis einen Menschen gesehen hatte.

Lis stellte sich auf die Zehenspitzen und küsste Ru auf die Wange, bevor sie auf die Frau zuging. Sie war überglücklich, mit ihrem Gefährten zu leben, die Entführung, den Aufruhr und alles Schlechte überlebt zu haben, aber sie konnte nicht widerstehen, einen Mitmenschen zu begrüßen.

Sie winkte, als sie sich näherte, und versuchte, Freundlichkeit auszustrahlen. Wenn ihre Freunde sie jetzt sehen könnten, würden sie sie nicht wiedererkennen. Aber das Band tat Lis gut und sie wollte die Freude verbreiten. „Hey! Ich bin Lis. Ich hoffe, ich bin nicht zu seltsam, es sind nicht viele von uns hier unterwegs und es ist schön, ein Gesicht von zu Hause zu sehen."

Die Frau runzelte die Stirn. „Du bist von der Erde?", fragte sie, bevor sie ihren Namen hinzufügte, „Ich bin Dorsey."

„Wo sollte ich sonst herkommen?" Lis lachte. Sie spürte, wie Ru hinter ihr auftauchte und drehte sich um. Der Mann musste lernen, ihr Raum zu geben. Aber nicht zu viel. „Ich sagte, gib mir eine Sekunde, Ruwen NaNaran. Ernsthaft!" Sie schubste ihn weg und wandte sich wieder Dorsey zu. „Mein Denya versucht mich daran zu erinnern, dass wir uns mit Freunden zum Mittagessen treffen."

Dorseys Augen weiteten sich. „Dein Denya?"

„Oh", Lis vergaß, dass die Übersetzer mit der Detyen-Sprache nicht besonders gut zurechtkamen. „Es bedeutet, dass er …"

„Dein Gefährte", sagten sie und Ru gleichzeitig. Er schlich sich hinter sie und schloss sie in seine Arme. „Und ich bin hungrig."

Aber jetzt studierte Lis Dorsey. „Hast du schon andere Detyen getroffen?", fragte sie.

„Liebling, belästige nicht die …" versuchte Ru zu

sagen, bevor sie nach hinten griff und seinen Mund mit ihrer Hand bedeckte. Oder zumindest versuchte sie es — ihre Finger stießen an seine Nase und bedeckten nur einen Teil seiner Lippe. Aber er hörte auf zu sprechen. „Hast du?", fragte sie.

„Du wirst es nicht glauben", sagte Dorsey. „Ich kann es kaum glauben. Aber mein Denya, Tyral, ist oben in unseren Räumen." Konnte das möglich sein? Ru kannte keine anderen menschlichen Gefährtinnen, aber jetzt war Dorsey hier. Wie groß war die Wahrscheinlichkeit?

Sie konnte nicht aufhören, sie anzustarren, zu sehr war sie von Unglauben erfüllt. Ru war der erste, der sich erholte. Er grinste. „Esst heute Abend mit uns im Starlighter Restaurant auf dem vierten Deck."

Dorsey stimmte zu, aber sie war weg, bevor sie sich weiter unterhalten konnten.

Ru und Lis schwiegen einige Augenblicke lang, bevor sie beide gleichzeitig zu sprechen begannen. „Könnt ihr..."

„Wie ist das ..."

Sie hörten auf zu reden und Lis umarmte Ru fest. „Noch eine menschliche Denya."

„Ein Zeichen der Hoffnung." Er grinste und küsste sie schnell.

Es machte sie immer noch atemlos. Sie glaubte

nicht, dass es jemals aufhören würde, sie atemlos zu machen. „Ich frage mich, wie sie sich kennengelernt haben." Dorsey hatte gefragt, ob Lis von der Erde stammte. Aber warum? Waren nicht alle Menschen von der Erde?

„Wir können sie beim Abendessen fragen", sagte Ru.

Lis verschränkte ihre Finger mit seinen und versuchte, ihn den Flur hinunter in ihr Quartier zu ziehen. „Mir ist nach Feiern zumute", sagte sie.

„Wir haben versprochen, uns mit Shayn und seinen Brüdern zum Mittagessen zu treffen. Wir wollen nicht zu spät kommen." Sie konnte sehen, wie er schwankte, und wusste, dass es nicht viel brauchen würde, um ihn zu überreden, das Mittagessen ausfallen zu lassen.

Doch Lis änderte die Richtung und machte sich auf den Weg zum Restaurant. Detyens hatten nur so wenig Zeit, und nur weil sie Rus Leben verlängert hatte, sollte sie nicht nachlässig mit der Zeit eines Detyen umgehen. „Lass uns zu Mittag essen. Ich bin am Verhungern."

Aber sie konnte kaum das Abendessen abwarten. Sie wollte etwas über Dorsey erfahren und darüber, was Mensch/Detyen-Paare für die dem Untergang geweihte Spezies bedeuteten. Das Leben sah gut aus, und sie konnte es kaum erwarten, es an der Seite ihres Gefährten zu leben.

DANKE, DASS SIE RUWEN GELESEN HABEN!

Ich wäre Ihnen sehr dankbar, wenn Sie eine Rezension hinterlassen oder das Buch einem Freund empfehlen würden.

Möchten Sie erfahren, wie sich Tyral und Dorsey kennengelernt haben?
Dorsey, eine Menschenfrau und Ty, ein Detyen sind von Piraten gefangen genommen worden und müssen zusammenarbeiten, um zu entkommen!

ERSTER BLICK:: MIT EINEM KNURREN VERSTAUTE TY DIE WAFFE WIEDER IM SAFE UND SCHLOSS DAS FACH.

Er wollte heute nicht sterben. Und wenn er in einer Woche sterben müsste, würde er so viele von diesen Arschlöchern wie möglich mitnehmen.
Zum Teufel, er würde nicht leise abtreten.

Die Serie geht weiter mit Tyral

WEITERE BÜCHER VON KATE RUDOLPH

DER LÖWE UND DIE DIEBIN

Der Raubüberfall

Der Fluch

Die Quelle der Macht

Außerirdischer Gefährte

Ruwen

Tyral

ÜBER KATE RUDOLPH

KATE RUDOLPH IST EINE SCIENCE-FICTION-ROMANCEAUTORIN, die in Indiana lebt. Sie liebt es, über knallharte Heldinnen und die sexy Helden zu schreiben, die sie lieben. Sie verschlingt Liebesromane, seit sie zu jung war, um sie zu lesen, und ihre Bücher verstecken musste, damit niemand sie ihr wegnahm. Sie könnte sich keinen besseren Job auf dieser Welt vorstellen, als Liebesromane zu schreiben und sie mit ihren Mitlesern zu teilen.

Wenn Ihnen diese Geschichte gefallen hat, hinterlassen Sie bitte eine Bewertung.